Otto Reuther, Der Goggolore

Der Goggolore

erzählt von
Otto Reuther

© 1985

Printed in Germany
Gesamtherstellung: Passavia Druckerei GmbH
Verlag Passavia Passau
ISBN 3 87616 122 3

Geleitwort

›Goggolore‹ ist ein vom Bodensee bis Berchtesgaden bekannter Ausdruck. In mannigfaltigen mundartlichen Färbungen bekommt man ihn zu hören, vom Gokulus Gokalorum bis zum Gugaleri oder Gogilori. Immer bezeichnet das Wort einen unberechenbaren, sprunghaften, aber lustigen und gutartigen Burschen, »auf den koa Verlaß net is, dem wo ma aber a net ungut sei ko«. (1) Jeder, der eine gesunde Dosis süddeutschen betätigungsfreudigen Humors besitzt – vom Schulbuben bis zum weißhaarigen Alten –, läuft Gefahr, gelegentlich mit diesem Ehrentitel belegt zu werden. Wenn ein alter Bauer seinem Enkel Anleitung zu irgendeinem Schabernack gibt und man kommt dahinter, dann kriegt der Alte sicherlich zu hören: »Großvater, ös werds a nimmer gscheit. Wia ka ma denn auf seine alta Däg no so an Gogolori macha!« (2)
Im Sprachschatz des Volkes wird manch kostbares Wort treu bewahrt, auch wenn Ursprung und ehemaliger Sinn längst aus seinem Gedächtnis entschwunden sind. Vermutungen, die noch

zur Zeit der Erstausgabe dieses Buches Wahrscheinlichkeitswert zu haben schienen, so z. B. der mittelalterliche Ursprung des Wortes Goggolori, sind dank der mythologischen Forschung - nicht zuletzt der österreichischen - überholt. Ein unmittelbarer Zusammenhang mit dem keltischen genius cucullatus kann als gesichert gelten. Da die rassische Grundlage in Altbayern überwiegend keltisch ist, fügt sich der Mythos vom Goggolori organisch in diesen Rahmen, in den Rahmen Altbayerns mit der Musikalität seiner Menschen, seiner Freude an festlicher Gestaltung des Daseins, seinen Umzügen und Prozessionen, den prächtigen Georgiritten und Leonhardifahrten und nicht zuletzt - seiner Schwermut. (3)

Die nachfolgenden Geschichten vom Goggolore sind getreue Nacherzählungen von Mitteilungen, die ich in meiner Jugend gesammelt habe. Manche Teile der nachfolgenden Kapitel sind beinahe wörtlich aus dem Dialekt übersetzt, so wie sie mir eben von den Berichterstatterinnen mitgeteilt wurden, um ihren seltsamen Reiz nicht zu beeinträchtigen; denn vom Anfang bis zum Ende liegt über ihnen die Schönheit festgewurzelten bäuerlichen Brauchtums und der starke Geruch von Heimaterde und Wald.

Drei alte Bäuerinnen, die längst eingegangen sind in »eine fröhliche, selige Urständ«, haben die Geschichten erzählt: die Schnurr=Resl aus Utting am Ammersee, Gertraud Klas, Bürgermeisterin von Hechenwang, und die Pumpauf=Kathl, eine Finningerin, die lange Zeit in Utting wohnte und ihr Leben lang Heubinderin im Stammgestüt Achselschwang war, dem Paradies meiner Jugend.

An die Gestalt der Schnurr=Resl aus Utting heftet sich eine meiner schönsten Jugenderinnerungen. Sie hat auf uns Kinder einen bestrickenden Zauber ausgeübt; denn sie war mit der alten Marxin, der Eldermutter des Fischers, die letzte, welche noch die Tracht trug. Um ihretwillen ersehnten wir das ganze Jahr über den Karfreitag. Da ging man nämlich zum ›Kreuzkussen‹ in die Pfarrkirche nach Utting. Wir, die wir über eine Stunde Wegs

dorthin hatten, liefen durch den Wald und über die Roßweiden, platschten durch Schnee und Wasserlachen, bis wir fast atemlos am Dorfeingang ankamen. Da wurde dann haltgemacht und gewartet; denn nun nahte der erste große Augenblick. Kurz vor drei Uhr knarrte die Hintertür des roten Bauernhäuschens und dann das Gartenpförtchen, und heraus schwankte die Achtzigjährige, angetan mit fürstlicher Pracht (4) in himmelblauweißen Strümpfen, umwogt von tausendfältigen Riesenröcken, mit starrenden Seidenbändern der Schleierhaube. Ihr schlossen wir uns an, so dicht, daß niemand mehr sich zwischen uns und sie drängen konnte. Nun war es der Brauch, daß man bei der Kirchentüre niederkniete, eins hinter dem anderen, und während des Rosenkranzbetens allmählich vorrutschte durch das ganze Kirchenschiff bis zum Hochaltar, wo das »Heilige Grab« aufgebaut war mit seinen buntflackernden Leuchtkugeln. Dort lag ein großes Kruzifix am Boden, dem man kniend die Wundmale küßte. Auch die Schnurr=Resl kniete am Eingang nieder - -, nein, es geschah etwas viel Erregenderes, für uns immer wieder Neues, kaum Faßliches. Der Röckeberg sank zu Boden, begrub Strümpfe und winzige Pantöffelchen; aber in ihm versank ebenfalls alles, was sonst von der Resl oberhalb sichtbar war, so daß nur noch die beiden Spitzen der hohen Bänderhaube herausguckten wie vorwitzige Weinbeeren aus einem Gugelhupf und uns daran erinnerten, daß innerhalb des mächtigen Röckeberges irgendwo die Schnurr=Resl hauste. Da rutschten wir denn klopfenden Herzens dicht hinter ihr drein im Zwielicht der verdunkelten Kirche, eingelullt von dem einschläfernden Wechselgesang der Rosenkranzbeter. Es war wunderschön.
Die Schnurr=Resl hat ab und zu unter vier Augen vom Goggolore erzählt, wenn ich besonders hartnäckig darum bettelte. Doch tat sie's ungern: »Des sen so dumme alte Gschichtlan, Bua«, pflegte sie zu sagen, »so ebbas vozählt ma heint it mer. Siegsch, do hot dr Goggalori amol bei ra Hoachzet am Hochzeiter in d' Schtiefl gloacht und am Nägschta in Huat. Und de bääse Leit hawa gsieht, des sen Buawa gwes'. Aber deas isch it wohr gwes'.

Zu de früahndere Zeita hot fo ebbas allaweil da Goggalori do und it d' Buawa wia heintingstags.« (5)

Die alte Schnurr=Resl war in ihren Ausdrücken wenig wähle=risch. Sie hat die derbbäuerlichen Späße in einer nicht zu über=bietenden Eindeutigkeit ruhig und sachlich, ein wenig melancho=lisch erzählt, aber nie versäumte sie darauf hinzuweisen, daß es sicherlich nicht mehr zeitgemäß wäre, von solchen Geschichten zu sprechen.

Die zweite, Gertraud Klas, stammte nicht aus dieser Gegend, sondern hatte aus dem Unterland eingeheiratet. Sie war die letzte Spindelspinnerin im Seegau. Mit ihr ist diese Kunst aus=gestorben. Da wir Kinder ihr Können grenzenlos bewunderten, hatte sie uns liebgewonnen. So geschah's, daß auch sie ab und zu einmal bei guter Laune – wenn auch etwas zögernd – einige Späße oder etwas Liebliches aus dem Kreise alter Spinnstuben=geschichten zum besten gab.

Die dritte, die Pumpauf=Kathl, hauste tagsüber in unserer näch=sten Nähe, oben auf den riesigen Heuböden über den Pferde=ställen. Der schwere, würzige Duft des Heus, das dämmerige Zwielicht und die Stille der gefüllten Speicher, mächtige, vor den Dachluken schwebende Kreuzspinnennetze, tanzende Mäuse zwi=schen den Brettern, das alles fließt in meiner Erinnerung zu einer Einheit mit ihr zusammen. Sie war ein seltsames Geschöpf. Manchmal kam sie mir selbst vor wie eine Kreuzspinne, wenn sie so ihre gichtgekrümmten Hände gleich krallenbewehrten Pranken in die blaugrüne Wand knisternden Heus hineinschlug und einen Armvoll herausriß, um ihn zum zehn Pfund schweren Bund zu schnüren, auf den unten im Stall schon unsere hungri=gen Rösser warteten. Zu den Mäusen und den Kreuzspinnen auf den Heuböden hatte sie ein persönliches Verhältnis. Da war über dem Dachfenster im Heuboden des kleinen Stutenstalles eine gut haselnußgroße Kreuzspinne, die nannte sie den ›Kilian‹. Ihm brachte sie aus der Wirtsstube immer ein paar biergemästete Fliegen mit. Auch ich half ihr den Kilian ernähren, indem ich Bremsen und Fliegen aller Art in einer Zündholzschachtel sam=

melte und heimlich zu ihr hinauftrug. Dann nahm fie die Zünd=
holzschachtel in Empfang, schüttelte sie ordentlich, um die Flie=
gen zu betäuben, und kontrollierte erst einmal, ob sie auch recht
wären. Pferdebremsen, die ihr zu groß erschienen, zupfte sie her=
aus: »Bua, de san z'groaß. Selle dicke mah da Kilian it! De ver=
reißa eam 's Efcht.« (6) Die übrigen Fliegen aber, die ihre Billi=
gung fanden, schüttete sie in das mächtige Netz ihres gelbbrau=
nen Freundes und beobachtete sorgfältig, wie er hervorgestürzt
kam, um seine Beute einzuspinnen. Auch die Mäuse wurden von
ihr mit Brot oder einem Stückchen Nudel bedacht. Wenn ich da
einer besonders zutraulichen Maus etwas hinwarf, pflegte sie
auch hier für Ordnung zu sorgen: »Ottl, des isch ear, der alt
Bock, der gschtunki, der braucht nix. Isch a so so vollgfressa, daß
'n schier z'reißt!« Oder aber sie ermunterte mich: »Des isch sie,
Bua, der muascht ebbas gäba, die hot iz grad 's ganz Efcht voll
junge Meislan und de miga saufa.« (7)
Den Katzen war sie infolgedessen feind gesinnt, auch wenn sie
diplomatisch vorsichtig unserer Katzenmutter, der Frau Hamp,
gegenüber heuchelte, als ob ihr die Pflege der Katzen ans Herz
gewachsen wäre, um das Gestüt vor Mäuseschaden schützen zu
helfen. Dennoch stellte sie regelmäßig des Abends den Gewicht=
stein ihrer Heuwaage innen vor das Schlupfloch der Tür zum
Heuboden.
Aus ihrem Mund habe ich das Wort Goggolore wohl am öfte=
sten gehört. Wenn sie, die Siebzigjährige, immer noch mit lusti=
gen Äuglein mit den Reitbuben auf ihre Weise schäkerte oder
mit den Weibern keifte und mit dem Baumeister schimpfte, so
saß ihr der Goggolore locker auf der Zunge. In jedem Fall wußte
sie ihm durch den Tonfall eine besondere Färbung zu geben, wie
es eben gerade die Situation erforderte. Sie habe ich wohl am
meisten gequält mit Fragen nach dem Goggolore, denn auch bei
ihr mußte ich immer wieder den Widerstand gegen das Berich=
ten überwinden. »Mei, Ottl! Deas vaschteaft du no it!« Wenn ich
dann schmollte: »Aber ich möchts doch wissen!«, dann knurrte
sie: »Deas ka i mir denka, daß du des wissa mechscht. De Gogga=

lorigfchichta lernfcht du no früah gnua – ganz von felber.«
Wenn fie mir dann die Enttäufchung vom Gefichte ablas, pflegte
fie dunkel fortzufahren: »Da Goggalori – mei Liaber – des ifch
oaner gwes'! Der hot mehr voftanda wia du und i und wia dei
Vater, und der is gwiß a gfchtudierta Ma. Jetz geah! Sell hint fen
etli groaße Spinnach. De fen fo dickch wia dar Kilian, de kaafcht
dir hola.« (8)
Von ihr ftammt eine Menge derbkomifcher Ausfprüche, von
denen fich heute natürlich nicht mehr entfcheiden läßt, ob fie
augenblicklicher Eingebung ihrer Phantafie entfprangen oder
alter Tradition. So zum Beifpiel ift fie zugleich mit der Schnurr=
Resl Berichterftatterin über die erftaunliche Gefchichte, wie der
Goggolore fich übel gegen das Butterfaß des Pfarrers benahm
und wie er aus dem Schimmel hervorguckte. Auch daß der Pfei=
fer von den Schweden an die Willibaldslinde angenagelt wurde,
das hat fie in kleinen Bruchftücken ab und zu mal erzählt. Wenn
ich da fragte: »Ja, Kathl, was ift denn mit dem Pfeifer dann
eigentlich gefchehen?«, dann bekam ich's um die Ohren: »Mei,
Bua, bifch du dumm. Den habas doch angnagelt drob, bei der
Willibaldskapell.« – »Ja, wer hat ihn denn angenagelt?« mußte
ich dann wieder fragen. Da fchaute fie mich mit vorwurfsvollen
Augen an: »Wer werd 'n denn angnagelt hawa! Wia ka ma
denn fo fraga! D' Schweda haba'n angnagelt. Und die fell
Schwedehur, der hot da Goggalori 's Gnack brocha, der hot er
d' Roß vafchreckt, daß iberfchi gfchtiga fen und fo hot er eam 's
Gnack brocha und auf des fens in Berg zocha mit die Hupfliacht=
lan.« (9) Daraufhin pflegte ich zu nicken und, angereichert um
ein unverftändliches Stück Erzählung, meiner Spinnenjagd auf
dem Heuboden weiterhin nachzugehen.
Aus folch lofen Bruchftücken eines fterbenden uralten Mythos
erftand mir noch einmal die köftliche Figur des Goggolore. Sie
hat in meiner Kindheit folche Macht über uns Gefchwifter ge=
habt, daß alles von ihr atmete und lebte. Wenn um Weihnach=
ten an dunklen Winterabenden die Schneeflocken an die Fenfter
fchlugen, Bratäpfel im Ofenrohr zifchten und es über uns am

Speicher tappte und das alte Gebälk knackte, wer anders rumorte, als der Goggolore! Der faß in der Holzkifte und rafchelte im Reifig oder klapperte in der Küche, wenn alles fchon zu Bett lag. Im Sommer war's nicht anders. Bei unferen Streifzügen durch die Hochwälder an der Windach, beim Fifchen und Beerenfuchen, da fahen wir ihn im Geftäude hocken, da holperte manch eins vom heimlichen Volk durchs Moos oder fchlüpfte flink unter einen morfchen Wurzelftock. Dann ftanden wir ftill und laufchten, ob der Hutzelmann nicht vielleicht nochmals fchnell rausguckte nach uns. (Und – um der Wahrheit die Ehre zu geben – manchmal tat er's wirklich!)

Als wir Gefchwifter heranwuchfen, verließ eines nach dem anderen das elterliche Haus, um Schulen zu befuchen. Nur die Ferien führten uns immer wieder zurück ins Paradies unferer Kindheit – bis der Ausbruch des großen Krieges uns drei Brüder ins Feld rief. In diefen vier Jahren fahen wir uns felten, dennoch forgte die Feldpoft – wenn auch manchmal mit wochenlangen Verfpätungen –, daß das Band nicht abriß zwifchen uns. Schon im zweiten Kriegsjahr änderte fich der Unterton des Briefwechfels bei einem meiner beiden Brüder. Dunkle Vorahnungen begannen ihn zu bedrücken und machten mehr und mehr fein Dafein als Pionieroffizier im Graben zur Qual. Ich fann und überlegte, wie ich ihm helfen könnte. In einer glücklichen Stunde kam mir der Gedanke, den Goggolore zu befchwören, und mit ihm allen Segen und alle Kraft unferer Heimat, unferer Kindheit. Von da an fchrieb ich Nachtwache für Nachtwache die nachfolgenden Gefchichten nieder, um fie am Morgen der Feldpoft anzuvertrauen. Sie haben manch weite Reife an die franzöfifche Front gemacht, von Flandern her, vom Balkan und den Vogefen. Aber fie haben ihren Zweck erfüllt und dem fchwerftgeprüften von uns drei Brüdern noch einmal Kraft und Willen zum Leben gegeben bis zu feinem tragifchen Tod auf einer Patrouille wenige Tage vor Waffenftillftand.

So ift das Buch vom ›Goggolore‹ entftanden.

Zwischen Ammersee und Lech

liegt ein merkwürdiges Stück Land, herb und lieblich, verträumt, traurig und wieder frohgemut und unbändig wie der wilde Wind, der über seine Hochmoore wegtanzt, und die himmelblauen Bergriesen, die mit ihren schneeweißen Häuptern wachsam darüber wegsehen. Über seine Hügel sind die Sänften vornehmer Römerinnen gezogen, die ihren Eheherren in die düstere Pracht germanischer Urwälder folgten. Seine Moore haben den Hunnen den Rückweg versperrt, als ihnen Bischof Ulrich ihr Rauben und Mordbrennen so vergalt, daß sie des Wiederkommens für immer vergaßen. Alter Klöster Macht und Herrlichkeit hat es getragen und den Karawanen der stolzen Fugger ebenso den Weg gewiesen wie den deutschen Kaisern, die um der römischen Krone willen nach Welschland fuhren. Auch den Schweden hat es leiden müssen. Der schlug, brannte und hauste fürchterlich. Pest, Mißwachs und Hungersnot gaben ihm ein grausiges Geleite.

Geschichten und Märlein rankten darüber hin wie wilde Rosen, köstlich von herbem Duft und wildwürzigem Erdgeruch.

Damals, bevor der Schwede ins Land kam, trieb ein kleiner Geist in dem Gau sein Unwesen. Er konnte unterschiedliche Gestalt annehmen, und über kleines Getier und Vögel hatte er große Macht. Allenthalben den ganzen See entlang hat er seinen Umtrieb gehabt und Schabernack getrieben mit Mensch und Vieh.

Am liebsten war er in Finning.

Wie der Goggolore nach Finning kam

In Finning unterhalb St. Willibalds Kapelle an der Brücke wohnte der Bauer Irwing mit seinem gestrengen Eheweib und seiner Tochter Zeipoth. Seines Zeichens war er Leineweber und hochberühmt im Gau wegen seiner Kunst im Wirken von prunk= vollem Leinenzeug. Am Hofe hieß man es »beim Zecherweber«. Es war Spätherbst und ein schöner Sonntag.
Nach dem Kirchgang sagte die Weberin zum Bauer: »Es ist klar heute. Die Nacht hat es gereift. Die Sonne hat keine Kraft mehr.«
»Ja«, sagte der Bauer.

»Ich vermein«, sagte die Bäuerin, »Zeipoth sollte diesen Nach=
mittag mit Nachbars Lene und den andern Mädeln Schlehen
holen auf dem Burgberg.«
»Meinetwegen«, sagte der Bauer.
»Morgen«, sprach wiederum die Bäuerin, »morgen müssen wir
Brot backen, und da kann ich hernach die Schlehen (10) im
Backofen dörren.«
»Ja«, sagte der Bauer, »meinetwegen wohl.«
Also rüsteten sich nach dem Essen Zeipoth und die Mädeln mit
strohgeflochtenen Zächerern (11) und weidenen Krätzen (12), ver=
gaßen auch nicht einer ordentlichen Wegzehrung, die nach Lan=
desbrauch besteht aus saftigen Schmalznudeln, roten Äpfeln
und reifen Haselnüssen, und machten sich auf den Weg nach dem
Schlehenhang auf der Burgplatte unter Singen und Lachen und
mancherlei hochwichtigen Gesprächen.
Dort, wo heute der Hochwald rauscht, war damals weite, öde
Heide. Nur um die Wälle der Burg zog sich ein mächtiger, fast
undurchdringlicher Schleedornhaag.
Als sie oben ankamen, ward ihnen wenig Freude dran; denn
von Schlehen war nichts zu sehen. Das Gesträuch war abgeleert
von irgend jemandem, der ihnen zuvorgekommen war.
Da sagte des Webers Tochter Zeipoth: »Kommt! Wir wollen
rundum gehen. Vielleicht finden wir etwas auf der anderen
Seite.«
Als sie dorthin kamen, hörten sie aus der Hecke ein großes Ge=
kreisch und Gezeis von allerhand Vögeln, die im Gebüsch ihr
Wesen trieben.
Sie hielten still und horchten.
Zeipoth aber rief: »Heda! Fort! Ihr Lumpenvögel! Ihr Diebs=
volk!« Und sprang die Hecke entlang, schrie »brrr« und schlug
mit ihrem Korb aufs Gesträuch, daß die Vögel fortschwirrten.
Aber mit einem Ruck hielt sie inne, denn unter der Hecke lag
ein riesengroßer Haufen prachtvoller, blaubereifter Schlehen,
den offenbar die Vögel zusammengetragen hatten.
Nun freuten sich alle zusammen und füllten die Körbe.

Dann legten sie sich ins Gras und aßen Nüsse und Äpfel. Auch Zeipoth zog eine fette Nudel aus dem Sack und biß herzhaft hinein.

Plötzlich stand wie aus dem Boden gewachsen ein winziges Männlein unter ihnen. Das war einen Schuh hoch, hatte einen uralten Kopf, so groß wie ein dicker Apfel, einen dünnen, weißen, zerzausten Bart und spindeldürre Arme und Beine.

Kreischend stoben die Mädel auseinander. Bloß Zeipoth blieb sitzen. Sie starrte das absonderliche Wesen an, als wäre ihr die Nudel im Halse steckengeblieben.

»Du«, schnärrte das Männlein. »Hast mein Dienstvolk vertrieben! – Hast mein Hab und Gut gestohlen! – Bist in meiner Schuld! – Lös dich aus!«

Da nahm Zeipoth die Nudel aus dem Mund und warf sie ihm an den Kopf. Zugleich griff sie zu ihrem Korb und schüttete ihn über den Hutzelmann aus, daß er mitsamt den Schlehen den Hang hinunterkollerte. Weil die nun immer nachkugelten und der Kleine auf die rollenden Schlehen trat, purzelte er, sooft er auf die Füße springen wollte, immer wieder von neuem auf die Nase – den ganzen Hang hinunter.

Wie das Zeipoth sah, sprang sie ihm nach und erwischte ihn am Bein, bevor sie noch unten ankam, wickelte ihn in ihren Schurz, daß er sich nicht mehr rühren konnte, und steckte ihn fein säuberlich in ihren Zächerer.

So hatte sie also einen Hutzelmann gefangen.

Am Heimweg horchten alle von Zeit zu Zeit am Korbe. Der drinnen gefangensaß, rührte sich nicht, sondern hielt mäuschenstill. Da ward's den Mädchen unheimlich zumute und die einen sagten, Zeipoth solle den Hutzelmann mitsamt dem Korbe in die Windach werfen. Die aber wollte nicht. Andere meinten, sie solle ihn nach Landsberg auf den Markt bringen und verkaufen, da könne sie ihr Glück machen. Aber sie sagte, auch das wolle sie nicht. Ihr Vater habe vergangenes Frühjahr ein Eichbärlein aus dem Nest genommen und ihm zu Hause eine kleine hölzerne Steige gebaut. Zu diesem wollte sie den Hutzelmann sperren und ihre Freude dran haben. Auch wollte sie ihm ein Hütlein nähen und einen Rock und ihn füttern mit Milchbrocken und Krautnudeln.

Unter derlei Gesprächen liefen sie zurück ins Dorf.

Da entstand sogleich ein großes Geschrei. Von allen Seiten rannten die Leute zusammen. Die Weberin ließ Zeipoth nicht ins Haus und beschimpfte sie, weil sie so garstiges Ungeziefer heimschleife. Andere vermeinten, es sei der böse Geist, und den müsse man sich vom Halse halten.

Während sie stritten, kam der Pfarrer.

Der befahl, den Korb in die Mitte zu stellen und den Schurz aufzuwickeln.

Also tat Zeipoth so.

Da schob sich der alte verhutzelte Kopf des Zwergleins mit den Fledermausohren heraus und schaute mit großen grünen Augen um sich.

Darob erschraken die Leute und wichen zurück.

Der Pfarrer aber schlug ein gewaltig Kreuz über sich, trat vor und sprach: »Bürgermeister! Nimm das Untier, steck es in einen Sack und ersäuf's im Moor! Das ist ja eine absonderliche und erschröcklich greuliche Ausgeburt des verfluchten Höllenteufels.«

Wie das Zeipoth hörte, erschrak sie zu Tod, daß das Männlein sterben sollte. Rasch warf sie ihre Haube drüber und sprang mit ihm ins Haus, hinauf in ihre Kammer. Dort versteckte sie's auf dem Kasten.

Nun wollten die Leute ihr nach und sie einfangen. Aber die Weberin litt es nicht. Sie faßte sich einen starken Mut, griff nach dem Besenstiel und stieg in die Kammer, um den Zwerg totzuschlagen. Und konnte ihn nicht finden. Auf dem Schrank lag

eine fremde Katze. Daß der Hutzelmann verschwunden war, das ärgerte die Weberin noch mehr. Sie riß Zeipoth an den Zöpfen, warf sie auf den Boden und schlug sie hart. Dann holte sie den Spinnrocken und ein Dutzend Riegel Flachs (13), keifte, sie lasse sie hungern und dürsten, bis alles abgesponnen wäre, und sperrte die Kammertüre zu.

Also saß Zeipoth am Boden mit verrauften Haaren, zerschlagenem Gesicht und heulte.

Mit einem Male raschelte es oben auf dem Kasten. Die fremde Katze stand langsam auf, dehnte sich, machte einen Buckel, schüttelte den Pelz, und – da stand das Männlein wieder auf dem Schrank.

Diesmal erschrak Zeipoth gar nicht, sondern sagte ärgerlich: »So, du! Jetzt bist du ja doch wieder da! Sieh zu, daß du weiterkommst!«

Das Männlein aber knarrte: »Maidlein! Mußt nicht bös sein auf mich! Schau, du wolltest mir ja auch meine Schlehen stehlen!«

»Gestohlen hab ich gar nichts«, sagte Zeipoth. »Die Schlehen haben wir immer dort geholt. Wer sie pflückt, dem gehören sie!«

»Hoi!« sagte drauf der Hutzelmann. »Meinst wohl, weil ihr sie alle Jahre gestohlen habt, drum gehören sie euch zu Rechten. Ich wohne schon viel hundert Jahre auf der Burg. Die sind mein und nicht dessen, der sie stiehlt. Aber du hast's ja nicht mit Willen getan, drum will ich dir's nicht nachtragen. Steh auf und spinn!« befahl er.

Unschlüssig setzte sich Zeipoth an den Spinnrocken. Wie sie nun angesponnen hatte und die Spindel zum erstenmal den Boden berührte, hopfte das Männlein mit einem Satz vom Kasten herunter und fing an, mit wunderlichen Sprüngen vor der Spindel herzutanzen. »Maidlein«, schrie es, »gib acht, daß der Faden nicht bricht!« Zugleich hub es an zu singen. Die Spindel schnurrte und brummte hinter ihm her, immer schneller, je flinker der Hutzelmann tanzte. Zeipoth fühlte, wie ganz von selbst das Garn durch ihre Finger floß, dünn wie Spinnweb und glatt wie Elfenbein. Da begann sie sich zu freuen, weil das so luftig ging. Der Hutzelmann aber warf Arme und Beine in die Luft, wirbelte wie verrückt am Boden herum, so schnell, daß Zeipoth ihm kaum mit den Augen folgen konnte. Er tanzte gegen die Kammertür zu und von da gegen den Schrank und wieder von hinterwärts zurück und vor gegen das Fenster. Die Spindel lief hinter ihm her und sauste und brummte, wie wenn hundert Hummeln in der Kammer wären.

Der Hutzelmann schnalzte mit der Zunge, klatschte in die Hände und gauzte ein ganz verrücktes Lied. Er drehte sich immerfort und hopste rundum wie ein Ausbund von Narretei. Zeipoth saß auf dem Spinnstuhl, als hätte sie einen Ladstock verschluckt, und hatte acht, daß der Faden glatt lief.

Ehe sie sich recht besann, hielt das Männlein inne. Die Spindel fiel um, war voll, die Kunkel leer.

Da steckte Zeipoth eifrig den zweiten Riegel Flachs auf, und wieder ging der tolle Tanz los mit dem Geschnalz, und wieder brauste die Spindel wie besessen hinter dem Männlein her, das sich drehte, als wäre der leibhaftige Gottseibeiuns hineingefahren. So ging's fort in einem Saus. Als die Sonne sich senkte, waren die zwölf Riegel Flachs versponnen zu lauter feinstem goldgelbem Garn.

Zeipoth aber klatschte in die Hände und sagte frohgemut: »Hutzelmännlein! Du bist doch ein arg netter Krott!« und wollte seinen Namen wissen.

Der jedoch schüttelte den Kopf und wollte es nicht sagen.

»Wenn du mir's sagst«, sprach Zeipoth und streichelte seine weißen Härlein, »mach ich dir einen Rock und einen schönen Hut.«

Da grinste der Zwerg und sagte, er habe eigentlich keinen Namen; er wäre des Waldes Geist selbst, und was da lebe und webe, wär von seinem Wesen und ihm untertan. Aber das verstünden die Menschen doch nicht, und die wenigen, so ihm zugetan gewesen zu früheren Zeiten, hätten ihn Goggolore genannt. So solle sie es nur auch halten. Dann sprach der Hutzelmann mit großem Ernst: »Nur auf eins acht wohl, Maidlein!

Hüt mein Geheimnis wie dein Leben. Wenn du schweigst, soll dir's zum Glück gereichen. Wann du aber je mein' Art und Namen verrätst, wird dir Leid werden, mehr als ein Menschenkind tragen kann.«
Dann schüttelte er sich, ward ein schwarzer Rabe und flog zum Kammerfenster hinaus in die Nacht. (14)

Zeipoth mußte oft an ihn denken, und je öfter sie an ihn dachte, desto mehr bekam sie Zeitlang.
Als sie einmal in die Streu fuhr, stieg sie hinauf zum Burghaag.
Sie rief ihn beim Namen. Doch rührte sich nichts.
Nur der Wind pfiff durch die Stauden.
So nahm sie denn die Nudel, die sie sich zur Brotzeit eingesteckt hatte, und legte sie dahin, wo ehedem der Schlehenhaufen gewesen war.
Wieder verging eine Zeit.

Zeipoth konnte den Goggolore nicht vergessen.
Tag und Nacht dachte sie an ihn und wünschte nur, daß sie ihn wieder sehen könnte. Dabei fiel ihr ein, daß sie ihm Hütlein und Rock versprochen hatte. ›Vielleicht‹, dachte sie, ›läßt er sich nicht mehr sehen, weil ich ihm die Sachen schuldig bin.‹
So ging sie denn ganz heimlich ans Werk.

Als eines Tages die Bäuerin über Land gegangen war und der Bauer in der Kammer wirkte, schnitt sie aus der Sonntagshaube ihrer Mutter ein Stück Goldstoff heraus, gerade groß genug, um ein schönes Trichterhütlein draus zu machen. Auch trennte sie ihren großmächtigen Staatsrock auf, schnitt etwas von dem dicken Wollstoff heraus und machte ein Röcklein daraus.
Beides steckte sie in ihren Brustlatz. Dann stieg sie in den Stall hinunter, riß dem Gockel noch eine schöne goldgrüne Schwanzfeder aus zu einem Zierat für das Hütchen.
Am andern Morgen fuhr sie wohlgemut hinauf zum Haag.
Aber es erging ihr wie das erstemal.
Sie mochte rufen, soviel sie wollte. Da war nichts zu hören und zu sehen von dem Wurzelmännlein. Nur der Wind pfiff durch die Stauden.
So nahm sie denn Hütlein und Rock, legte beides unters Schlehdorngestrüpp und fuhr nach Hause.

Wie der Goggolore in Meister Irwings Haus kam

Bald darauf wurde es bitter kalt.
Vom Oberland her heulten schon die Wölfe, und unten an der Windach schrien die Zaunkönige mit heiseren Stimmchen »die Gfrier kimmt – die Gfrier kimmt«. Die Raben setzten sich auf die Kirchhofsmauer und buddelten die Federn auf. Die Bauern hatten abgedroschen und machten sich über den Flachs. Vom See her fegte der Eiswind, pfiff durch Türen und Fenster und riß an den Dachsparren.
In der Nacht auf Allerseelen war tiefer Schnee gefallen.
Da geschah es am Morgen, während die Weberin die Kühe im Stall molk, Zeipoth aber in der Küche saß und Flachs brach, daß etwas an die Küchentüre schlug. Sie riegelte auf und guckte hinaus.
Schau – da stand der kleine Hutzelmann draußen im Schnee, hatte das Röcklein an, das goldene Hütchen auf und machte ein kümmerliches Gesicht. Zähneklappernd sagte er mit hochgezogener Nase: »Maidlein, mich friert!«
Zeipoth ließ ihn hereinschlüpfen, hob ihn auf den Herd, legte Reisig ins Feuer, daß er sich wärmen konnte. Das tat dem Männlein sichtlich gut.
Wie's ihm nun behaglich wurde, fing er an, sich die Umgegend zu besehen. Mit vielem Bedacht drehte er den Kochlöffel um, steckte den Finger in die Milch und schleckte vom Rahm. Dann stocherte er im Salzfaß, und schließlich entdeckte er eine große

Schüssel mit Hefenteig, den die Weberin auf den Herd gestellt hatte, damit er gehen sollte. Den befühlte er zuerst vorsichtig mit seinen dünnen Fingern. Wie er aber merkte, daß der Teig so schön warm und weich und mildsam war, stieg er in die Schüssel und setzte sich grinsend mitten hinein.
In diesem Augenblick kam die Bäuerin aus dem Stall. Sie hatte gehört, daß auf einmal alles ruhig war, und glaubte, Zeipoth sei faul.
Sobald sie nun den Hutzelmann in ihrem Teig sitzen sah, kam ihr die jähe Wut. Rasch griff sie nach einigen Scheiten Holz und warf sie auf ihn. Der aber hüpfte aus dem Teig heraus, stülpte die Töpfe um und warf die Pfanne mit heißem Schmalz zu Boden.
Da wurde die Bäuerin noch wütender und sprang hinzu, ihn zu fangen. Aber sie rutschte aus und schlug so hart auf den Boden, daß sie nimmer aufstehen konnte.
Der Bauer in der Webstube hörte das Gepolter, glotzte herein und sah, daß die Bäuerin im warmen Schmalz lag in großem Wehdam und konnte nicht aufstehen, sondern fluchte gegen Zeipoth und den Hutzelmann und jammerte über ihren Fuß, den sie sich ausgefallen hatte. Da wollte auch er dem Männlein zu Leibe rücken. Das aber schrie: »Rühr mich nicht an! Sonst soll's dir ergehen wie deinem Weib und noch schlimmer!«
Darob ward dem Mann unheimlich zu Mut.
Er hob sein Weib aus dem Schmalz und trug es ins Bett. Und schickte nach der Baderin, damit sie der Bäuerin den Fuß einrenke.
Dann berieten die beiden, wie sie den Zwerg loswerden könnten. Sie beschlossen, alles dem Pfarrer zu sagen und ihn zu bitten, daß er das Haus ausräuchere und den Geist banne.
Als der Bauer endlich von der Schlafkammer herunterstieg, war unten alles schon wieder in schönster Ordnung. Zeipoth saß über dem Flachs und grammelte. Der Goggolore aber hantierte auf dem Herd, hielt Wacht, daß das Feuer unter der Pfanne schön gleichmäßig brannte, und kochte die Nudeln, als wäre er des Herzogs Leibkoch gewesen sein Lebtag lang.

Zum Bauer sagte er: »Bauer! Horch auf! Wenn du irgend jemandem etwas verrätst, soll dir's ergehen wie deinem Weib und schlimmer. Wenn du aber den Herrn (15) holst, will ich dir das Haus anzünden über dem Kopf.« Dabei stolzierte er am Herd umher wie ein Feldherr und trällerte dazu ein absonderliches Lied.

Der Bauer erschrak, kratzte sich hinterm Ohr; denn er erkannte, daß das Männlein von allem wußte, was sie oben im geheimen ausgemacht hatten. Also überlegte er bei sich, daß er vielleicht doch niemandem was sagen wollte, sondern erst einmal im stillen zusehen, was das Hutzelmännlein weiterhin anstelle.

Was der Goggolore fürderhin für ein Wesen trieb

Der Goggolore rumorte im Haus. Das ging die ganze Nacht treppauf, treppab. Überall machte er sich zu schaffen.
Des Tags band er der Kuh einen Strohwisch an den Schwanz oder er warf den Nestkorb um, wenn gerade eine Henne drin saß und ein Ei legen wollte. Wenn die dann herausfiel und vor Schrecken recht gackerte, gackerte er mit, und zwar so unbändig, daß alle Hühner rundum im Dorf auch zu gackern anfingen.
Auch fegte er in der Küche die kupfernen Pfannen mit Zinnkraut, daß sie glänzten, als wären sie aus Gold getrieben.
Dann war er wieder eine Zeitlang gar nicht zu sehen. Suchte ihn Zeipoth, so fand sie nur die große Wetterkatze (16) am Ofen liegen und schlafen.
Wenn einmal alles still war im Haus und man wähnte, er wäre fort, und wollte sich hinsetzen, um ein wenig faul zu sein – bautz! – da flog irgend etwas in die Stube, daß man ordentlich erschrak. Besuche von Nachbarinnen zu Met und Lebzelten konnte er gar nicht leiden. Da riß er Truhen und Schränke auf und warf alles heraus, was drinnen war: Bollenkittel, (17) Hauben und Röcke und Hemden und Kragen und Bänder und was immer er sonst erwischen konnte, so daß die Weberin alles wieder frisch und sauber einräumen mußte. Auch konnte er's gar nicht leiden, wenn in irgendeiner Ecke oder unter einem Kasten Staub oder Schmutz lag. Da schleppte er aus dem Stall einen frischen Kuh=fladen herein und warf ihn in das Eck. Das stank dann so scheuß=lich, daß man notgedrungen alles peinlich sauber putzen mußte.

Manchmal tappte er am Dachboden oder auch er würfelte und reiterte das Korn auf der Tenne.

Am Vormittag, wenn Zeipoth kochte und das Feuer am Herd lustig flackerte, kletterte er hinauf in den Rauchfang. Dort hingen Leberwürste und fette Schwartenmägen von lieblichem Geschmack, und mächtige Schinken, auf daß sie geselcht würden. Die größte aller Würste hatte er sich zu einem Luftsitze erkoren. Er setzte sich rittlings hinein und schaukelte und gautschte mit viel Vergnüglichkeit. Manchmal, wenn er seinen ganz verrückten Tag hatte, trieb er unter den Würsten ein Unwesen, daß man glauben konnte, es wäre der Kamin voll von Eichbärlein. Da schwang er sich von Wurst zu Wurst und zerrte an den Schinken, bis sie sich alle rundum drehten. Dann hing er sich selber daran, fuhr damit im Kreise und kreischte dazu aus Leibeskräften. Je fester Zeipoth unten schürte und je heller das Feuer auflorderte, desto wohler war ihm droben im Rauchfang.

Ein andermal stieg er in den Hefenteig, beschmierte sich um und um und gab von hier aus Zeipoth weise Belehrung, wie vielerlei Geheimnis dem Monde innewohne.

Die höchste aller Wonnen aber war ihm, wenn ihn Zeipoth zu sich ins Bett schlüpfen ließ. Da nahm er ihre zwei dicken Zöpfe, baute sich ein rundes Nest davon und duckte sich mäuschenstill hinein. Wenn sie am Morgen erwachte, war er immer schon fort.

Die Bäuerin blieb ihm feind. Hielt auch nicht reinen Mund. Jeder Nachbarin erzählte sie unter dem Siegel der Verschwiegenheit. Ehe die Woche halb um war, wußte die ganze Verwandtschaft und Bekanntschaft, daß man beim Zecherweber ein Erdmännlein im Hause habe. Er tat ihr dafür allen Schabernack an, den man sich nur ausdenken konnte.

Kaum war eine der Nachbarinnen aus der Schlafkammer heraußen, ging's los. Einmal warf er ihr frischen Hühnermist ins Bett. Des öfteren nahm er ihren Sonntagsrock, stellte ihn auf in der Kammer wie einen Gugelhopf und setzte sich darein. Stieg sie dann aus dem Bett, um ihr Heiligtum wieder in den Kasten zu hängen, da streckte er ihr sein Hinterteil entgegen und blies sie so fürchterlich an, daß ihr's war, als würde sie ins Bett zurückgeschleudert, und sie unter Würgen die Decke über den Kopf zog.

Irwing, der Weber, hingegen rieb sich zufrieden die Hände. Denn mit dem Goggolore war sichtlich das Glück ins Haus gekommen. Alles geriet, und die Vorräte wuchsen zusehends.

An St.=Thomas=Tag nun geschah es, daß des Herrn Magd Margaret dem Weber einen Schubkarren voll Gespinst ins Haus schob, er solle Leinenzeug draus wirken. Der Weber nahm es in Empfang und schlichtete es in eine Ecke der Werkstatt, versprach auch, es bald wegzuarbeiten vor anderer Leute Garn.

Kaum war es Abend und dunkel geworden, begann in der Webstub ein gespenstig Pochen, Schlagen und Flüstern und Brummen, als rumorten Hunderte von Mäusen drin.

Der Weber lag mit offenen Augen die ganze Nacht und getraute sich nicht, in die Kammer hinabzusteigen. Erst gegen Morgen

verklang der Lärm. Als er nun aber in der Dämmerung die Kammer betrat, da erblickte er im Webstuhl einen mächtigen Ballen Leinwand fertig gewoben, fein und fehlerfrei. Erst konnte er sich vor Staunen kaum fassen, dann aber kniff er schmunzelnd das Auge zu, strich schweigsam mit seinen schwieligen Händen über das Leinen und schickte Zeipoth zu Margaret: die Leinwand sei fertig, sie könne sie abholen.
Die gute Margaret glaubte erst, der Weber sei verrückt geworden. Fast hätte es ihr die Sprache verschlagen, als er ihr den Stoff aushändigte.
Sie wollte vom Weber durchaus wissen, wie er dies alles über Nacht hergehext habe. Der schwieg und zog nur grinsend die Augenbrauen hoch.
Nun kam ihr in den Sinn, was man sich heimlich im Dorf erzählte. »Weber«, sprach sie, »ich weiß! Ihr habt eine Waldfeel im Haus! Tut mir doch die Liebe und laßt sie mir auch ein wenig rüber, daß ich Nutzen dran haben kann für unsern Herrn. Sehet, der Herr ist stattlich und so gelehrt in geistlichen Künsten, daß ich oft nicht weiß, wie ich ihm Speis' und Trank zubringen soll, damit er mir bei Kräften bleibt. Ihr müsset bedenken, Wissenschaft zehrt. Gestehet's nur ein, daß Ihr einen rechten Haussegen gewonnen habt an dem Geist. Ihr tätet mir wirklich eine Güte, wenn Ihr das Männlein nur ein ganz klein wenig rüberlassen wolltet. Vergesset nicht, daß ich Euch ausgeholfen habe, als Eure Wetterkatze starb. Da hab ich Euch auch die meine geliehen.«
So bat sie ihn recht inständig.
Der Weber jedoch kniff die Lippen zusammen und sagte, von einem Männlein wisse er nichts.
Nun wurde die gute Margaret wirklich bös und sagte, wenn er's ihr nicht gutwillig ausborgen wolle, so wisse sie schon, was sie zu tun hätte, damit sie's kriege.
Und schob ihren Schubkarren mit Leinwand zornig zum Pfarrhof.

Wie die Ullerin den Goggolore fangen wollt und dabei zu Schaden kam

Unterhalb Sankt Willibald wohnte die Ullerin. Das war eine Trud. Sie konnte Wetter machen und verliebten Leuten einen Trank eingeben. Auch konnte sie mit der Haselrute schlagen, wo Gold vergraben war, und wußte, wie man Krankheit und Siech= tum in einen Schusterdraht einknüpft. Im Dorf versah sie das Amt einer Seelnonne (18) und Baderin.
So schlecht war die Ullerin, daß sie sogar nach der Knechte Brauch des Sonntags zum Wirt ging und mit ihnen Bier soff. Sooft

dann einer einen Wind streichen ließ, fing sie ihn, wie man eine Schmeißfliege fängt, und steckte ihn in ihren Rocksack. Zu Hause hatte sie in der Schlafkammer einen bockhäuternen Sack, der war gestopft voll davon; denn da drinnen mästete sie sie mit faulem Sauerkraut und frischem Roggenbrot.
Die Ullerin freute sich diebisch, als ruchbar wurde, daß im Zecher= weberhof ein Erdmännlein umging.
Sie gedachte, es mit ihrer schwarzen Kunst zu bannen und in eine Flasche zu stecken als dienstbaren Geist.
Nun traf es sich, daß ihr gerade, als sie bei der Weberin nach dem kranken Bein sehen wollte, die Margaret entgegentrat. Darob war sie erstaunt, daß des Herren Magd den Weg zu ihr fand.
»Ei«, sprach sie spitz, »welches Begehren führet dich unter mein armselig Dach? Das ist mir ja eine sonderliche Ehr, daß du zu mir kommst!«
Margaret aber sagte: »Ullerin, du brauchst mir deinen Gruß nit mit Spott zu geben. Ich komm um deiner großen Kunst willen zu dir, damit du mir helfest. Beim Weber hat man ein Erdmänn= lein im Hause, das ich so gut brauchen könnte. Es hat gestern über Nacht dreißig Ellen Tuch gewirkt und ist ein rechter Haus= segen. Aber der Weber gesteht's nicht ein und will mir's nicht rüberlassen. Fang mir's! Siehe, ich habe Not mit unseres Herren Wohlfahrt, du weißt ja selbst, Wissenschaft zehrt! Drum muß ich das Männlein haben!«
»Ha«, kreischte da die Ullerin und gedachte der dreißig Ellen Tuch, »drum findest du den Weg zu mir. Da wäre ich nun recht, dir das Männlein zu verschaffen, daß deine Speisekammer noch voller werde, als sie so schon ist, und du erstickst in Hochmut und Fett. Aber wisse: die Ullerin ist eine Trud und nicht würdig, euch den Reichtum ins Haus zu treiben. Scher dich zum Teufel! Viel= leicht fängt dir's der.«
Als das die Ullerin gesagt hatte, packte die Margaret eine sinn= lose Wut. Sie schrie: »Ullerin, dies Wort soll dich gereuen, mehr, als dir lieb ist. Du hast vergessen, daß der Trudenrichter zu

Landsberg immer noch ein paar Klafter trocken Holz übrig hat, die auf dich warten!« Drehte sich um und wollte eiligst wegtrappen.

Da fuhr der Ullerin die Angst hoch.

Sie sprang ihr nach und griff sie am Schurzzipfel: »Margaret«, sagte sie, »was hast du doch für ein hitzig Geblüt! Nimm Vernunft an und höre! Was nutzte dir das Männlein, wenn du's auch hättest! Schau! Es ist ja ein heidnisch Wesen, und das verträgt geistliche Luft durchaus nicht. Glaub mir's! Es würde in eurem Hause eindörren und verrecken!«

Doch Margaret hörte nicht auf diese Rede und wandte sich. Aber die Ullerin bettelte in ihrer Angst: »Margaret! Hör! Ich will mit dir einen Handel machen! Ich will dir etwas geben, was dir noch viel mehr nutzet als das Männlein, das sich bei euch doch nimmermehr frisch erhält. Siehe, ich habe ein Butterfaß. Das ist wohl besprochen und wohl beschrien und füllet sich von selbst bis obenan mit Butter, wann immer du nur Wasser einschüttest. (19) Ich will es dir geben, so du mich in Frieden lässest.«

Margaret besann sich. Blieb dennoch voll Mißtrauen und meinte, erst wolle sie sehen, ob das Fäßlein wirklich so gut arbeite, wie die Ullerin sagte, ansonsten sie ihr den Zwerg nicht herüberließe und alles dem Herrn hinterbrächte.

Da ging denn die Ullerin schweren Herzens auf den Handel ein, holte das Fäßlein und begleitete die Margaret in den Pfarrhof zum Probebuttern.

Der Herr saß am Fenster in abendlicher Betrachtung. Als er die beiden ins Haus treten sah, war er nicht eben erfreut, denn der Besuch der Ullerin kam ihm höchst sonderbar vor; um so mehr, als er hörte, daß die Margaret die Fensterladen in der Küche schloß.

So stieg er denn leise hinab und guckte durch das Schlüsselloch, was da vor sich ginge.

Lange stand er dort gebückt und hielt Ausschau mit gespanntem Atem. Endlich aber zog er sich behutsam zurück, als habe er nichts weiter bemerkt.

Bald darauf verließ die Ullerin den Hof kummervollen Antlitzes, ohne Fäßlein, und schlurfte zur Weberin, die sie beim Füttern traf.
Die war nun so weit hergestellt, daß sie wieder im Stall hantieren konnte.
Das war der Ullerin recht.
Sie sprach zur Weberin: »Gevatterin! Ich han vernommen, daß ein Erdmännlein umhergehet bei dir?«
»Ach ja«, sagte die Weberin, »das sei Gott geklagt! Zeipoth hat's hergezogen, und nun werd ich das verflucht Unziefer nimmer los.«
»Gevatterin«, sagte die Baderin, »ich sieh wohl, daß du Kummer habest drum. Solche Erdgeister bringen Schad jedwedem, der keinen Spruch dagegen weiß oder kein gefeit Krautwerk unterm Dach hat. Was bin ich froh, daß ich's gelernt hab von meiner Ahnbas seligerweis, wie man sich solch heillos Gespenstervolk vom Halse hält.«
»Gevatterin«, sagte da die Weberin, »wenn du mir die Wohltat tätest und das Unziefer bannen wolltest aus meinem Haus, so wollte ich dir's gar christlich lohnen, denn ich will keine Gemeinschaft haben mit solch höllischem Viehzeug.«

»Ja«, meinte die Ullerin, »wenn das so einfach ginge! Weberin! Wenn du seinen Namen könntest innewerden, wär's schnell getan. Wer den Nam' weiß, hat die Macht drüber. So aber wird's ein schwierig Werk werden.«

»Versuchs, Baderin!« bat die Weberin eindringlich. »Wer anders als du könnt mir Abhilf schaffen!«

So kamen sie beide überein, daß die Ullerin der Zecherweberin das Erdmännlein fangen sollte. Dafür sollte sie einen Dukaten und zwei Eimer süßen Butterrahmes haben. Der Fang sollte geschehen, wann man das nächstemal Spinnstube hielte bei der Zechweberin und die Nachbarschaft zu ihr in den Heimgarten (20) käme.

Dann gingen beide auseinander, die Weberin zu den Nachbarinnen, um sie einzuladen in die Kunkelstub zu Schnaps und Lebzelten, die Ullerin nach Hause.

Dort band sie einen großen blauen Schurz um, zog gemach die Stirne in Falten und überlegte lange Zeit hin und her: wie konnte sie dem Waldwesen zu Leibe rücken, da sie es nicht zu rufen, zu beschreien wußte?

Als der Abend düsterte, zündete sie ihre zinnerne Ölfunzel an und stieg hinauf auf den dunklen Dachboden. Dort hing, in mächtige Büschel gebunden, dürres Kräuterwerk. Weil nun die Erdmännlein starken Duft über alles lieben, gedachte sie aus dem Kräuterwerk eine Lockspeise zu bereiten. Fürsorglich und mit großem Bedacht brach sie ein Stänglein bittere Meisterwurz, die dem Gedärm so wohl bekommt; nahm Engelskraut, das lieblich duftet und aufs Gemüte wirkt. Das zerrieb sie prüfend zwischen den Fingern, hielt's an die Nase, ob's auch stark genug röche, und tat's in den Schurz. Auch scharfen Dost, beizendes Pfefferblatt und gelbe Nieswurz fügte sie bei. »Dann«, sprach sie so bei sich, »kann's wohl nicht schaden, wenn ein Klümpchen Galgenholz mitkocht. Vorne in dem Steintopf steht eines, das ist gut abgelagert und von großer Kraft.« Also tastete sie sich im Dämmerlicht zu den Töpfen und Krügen beim Dachgiebel. Dort nahm sie vom Galgenholz eine ordentliche Prise. Schließlich, da=

mit die Mischung vollkommen sei, hob sie noch aus einem Kruge ein gedörrtes Lurchenweibchen und etwas getrocknete Blut=
spinne. Nachdem sie auf solche Weise sich mit allem Notwendigen wohl versehen hatte, kletterte sie wieder hinab in ihre Kuchel, machte aus Ginsterreis und Fenchelbesen ein Feuer und kochte unter mancherlei geheimen Sprüchen einen dicken Leim, dessen würzigen Duft sie lüstern in ihre Habichtnase einsog.

Als nun aber der Sud gargekocht war, trennte sie ihren rotgol=
denen Brustlatz auf, worinnen wohlverwahrt und eingenäht der
Fingernagel eines Gehenkten verborgen war. Den hatte ihr Mei=
ster Hans Holker, Henker der hochehrbaren Stadt Landsberg,
zu einem Geschenk gemacht aufs neue Jahr, alldieweilen solcher
Mumie eine mächtige Kraft innewohnt über alle Unterirdischen
und den Mond. Diesen Fingernagel legte sie in einen Topf, goß
den Kräutersud darüber und stellte alles wohl zugedeckt in den
Herdkamin, damit es warm stünde und gut ziehen könne.
Mit dem Goggolore war's nun ein eigen Ding um diese Zeit. Zu
Zeipoth sagte er mit einer strengen Miene, sie solle ihm unten in
der Stube einen großen irdenen Topf ins Ofenloch stellen. Auch
solle sie einen hölzernen Deckel draufun und das Ofentürl zu=
machen, daß die Bäuerin nichts merke. In den Topf dürfe sie
nicht hineinsehen, sonst erginge es ihr schlimm.
Zeipoth tat wie befohlen.
Die ganze Nacht hörte sie ihn im Ofen und im Kamin rumoren.
Als sie am Morgen von ihrer Schlafkammer stieg, begegnete sie
ihm auf der Treppe. In jeder Hand trug er eine zappelnde, pfei=
fende Maus. Die hatte er mit festem Griff am Genick, daß sie
nicht beißen und entwischen konnten. So stieg er eiligen Schrit=
tes die Speicherstiege hinunter und verschwand im Schürloch des
Stubenofens. Den ganzen Tag gings treppauf und treppab.
Kaum daß er sich Zeit nahm, zu Zeipoth aufzusehen, die ihm
kopfschüttelnd nachguckte.
Im Ofen pfiff und krabbelte es, daß es die Weberin merkte. In
Sorgen ging sie zur Ullerin und erzählte ihr den Umtrieb. Die
aber sagte nur: »Gevatterin, schweig still und freu dich. Das ist
ein gut Anzeichen, so das Wild in der Nähe ist. Da werden wir
das Erdmännlein leichter erwischen. Ich habe eine Leimrute zu=
rechtgemacht mit großer Kunst.«
Der Abend kam und mit ihm die Nachbarinnen, alle wohl=
gerüstet mit zierlich gedrechselten Kunkeln und spitzen Zungen.
Auch die Ullerin bewaffnete sich mit dem Spinnrocken und et=
lichen Spindeln. Außerdem aber nahm sie ein ungeschältes

Haselrütlein, netzte es tüchtig mit dem dicken Kräutersud ein und bestrichs siebenmal mit dem Fingernagel des Gehenkten, daß sie damit nach dem Goggolore schlagen könne, wenn er ihr nahe käme und er dran klebenbliebe wie die Gimpel an den Leimruten. Dann verbarg sie's unter ihrem Schurz in den Rockfalten und machte sich auf den Weg hinüber zu der Zecherweberin.

Dort waren bereits die Gevatterinnen versammelt. Sie saßen ringsum auf der Bank an der Wand, eine hinter der anderen, nickten mit den Köpfen und warfen mit flinken Händen ihre sausenden Spindeln. Sooft aber eine irgendeiner Abwesenden an der Ehre geflickt hatte, nickten sie mit ihren goldenen Hauben und sprachen eifrig: »Ja, ja, Gevatterin, so ist es, so ist es.« Dazwischen spuckten sie auf den Daumen und zogen den Faden durchs Maul, damit er fein und glatt würde.

Unter sie setzte sich die Ullerin und tat desgleichen. Während sie spann, schielte sie unvermerkt unter der Haube hervor und hielt eifrig Umschau, ob sie nicht irgendwo den Goggolore bemerken könnte, falls ihn der Duft der Kräuter anlocke. Es dauerte gar nicht lange, da entdeckte sie, daß er im Ofenloch neben einem großen Topf saß und aufmerksam zuschaute. Doch tat sie so, als hätte sie nichts gesehen. Die Gevatterinnen aber saßen, spuckten und spannen und nickten mit den Köpfen. Nebenbei tranken sie Schnaps und vergaßen auch der Lebzelten nicht.

Plötzlich bemerkte die Mesmerin, gerade wie sie ihre spitze Nase ins Schnapskrüglein tauchte, den Goggolore.

»Oh«, schrie sie und bekreuzigte sich, »Gevatterinnen! Sehet nach dem Ofenloch! Dort sitzt der Hutzelmann leibhaftiger Seel! Mein Gott«, sprach sie, »Weberin! Was bist du doch für ein geschlagen Leut, daß du den heillosen Unziefer im Hause haben mußt.«

»Ja«, sagte die Weberin, »Gott sei es geklagt. Er ist zu nichts nütze. Wisset, Gevatterinnen, wenn er wollte, könnte er beflissentlich Arbeit tun. Aber nur die Bosheit ist in ihm und große Schlechtigkeit.«

So sprach sie und beschimpfte ihn.

Er aber strich sich den Bart.

Dann hüpfte er ganz unvermutet aus dem Ofenloch heraus in
die Stube und begann leise singend mit den Fingern zu schnak=
keln und rundum zu tanzen. Und siehe da – alle die Spindeln
fingen an, wie von unsichtbarer Hand geleitet auf ihn zu wirbeln,
immer schneller, immer rascher, je flinker der Goggolore vor=
tanzte.
Das war artig anzusehen. Wie wenn die Jungfern im Mai den
Reihen springen, so schwangen sich die Spindeln wunderlieblich
um den Goggolore mit mächtigem Schnurren und Brummen.
Und die Gevatterinnen staunten über die Maßen. Sie rissen Maul
und Augen auf, wurden fröhlich und huben an, den Goggo=
lore zu loben.
Der aber tanzte immer rundum.
Nur die Ullerin schwieg und lauerte.
Und der Goggolore sah sie unverwandt an und tanzte. Tanzte
unbeirrt weiter, immer rundum.
Als er ihr aber durchaus nicht in die Nähe kam, griff sie plötz=
lich unter den Schurz und schlug mit dem gefeiten Leimrütlein
aufs Geratewohl nach ihm.
Wehe über sie, daß sie es getan!
Der Goggolore tat einen Sprung zur Seite über die Spindeln
weg. Da fielen diese kunterbunt durcheinander und verwirrten
sich so sehr, daß die Gevatterinnen alle heulend die Hände über
dem Kopf zusammenschlugen und am Boden hinknien mußten,
um den heillosen Wirrwarr der Spindeln und Fäden zu ent=
wirren unter gotteslästerlichem Schelten auf die Ullerin. Der
Goggolore aber war zurückgeschlüpft ins Ofenloch und schob
nun mit Macht den großen Topf heraus, daß er auf den Stuben=
boden herunterfiel und krachend zerschellte. Im gleichen Augen=
blick huschten Hunderte von grauen Mäusen in die Stube, denn
der Topf war ebenvoll angefüllt damit. Weil die Gevatterinnen
am Boden knieten und sich um die verwirrten Spindeln zankten,
schlüpften ihnen die grauen Mäuslein unter die Röcke, krochen
unter die Schürzen und in die Kittel. Darüber überkam sie ein
grausiges Entsetzen. Die einen stiegen auf Tisch und Bänke und

fielen wieder herunter in der eiligen Not. Die anderen nahmen ihre Kunkeln und schlugen blindlings nach den Mäusen, trafen aber, des Zielens ungeübt, die Nachbarinnen. Dazu gellten und schrien sie, als ob sie allesamt am Spieße steckten. Sogar den Lichtstock warfen sie um, also daß sie sich im Dunkeln verprügelten auf gar gründliche Art.

Der Weber nebenan in der Kammer hörte den Krach, schlug ein Licht an und tappte in die Stube. Als er die Rauferei sah, nahm er eine Gevatterin nach der anderen bei Kragen und Kropfschnalle, gab ihr einen wohlgesetzten Tritt in den Hintern und warf sie zum Haus hinaus.

Dann riegelte er die Türe zu.

Das reizte die Gevatterinnen noch mehr.

Schäumend vor Wut forderten sie einander zum Kampf und huben unter Fluchen und gellendem Gekeif eine gewaltige Schlacht an.

Mächtig schwangen sie ihre Spinnrocken, daß sie krachend an den Köpfen splitterten.

Listig stachen sie mit den scharfen Spindeln nach Augen und Hals.

Holzscheite schwangen sie und verbleuten sich mit Mistgabel, Dreschflegel und Wagscheit.

Vater Irwing und Zeipoth schauten zum Fenster herab. Der Mond stand am Himmel und goß sein silbergrünes Licht darüber aus. Der Goggolore aber hockte zuhöchst am Dachfirst. Sooft die Wut des Kampfes zu erlahmen drohte, hob er etliche Schindeln ab und warf sie unter die Gevatterinnen, worauf die Schlacht mit erneuter Heftigkeit entbrannte.

Als am nächsten Morgen die liebe Sonne des nächtlichen Schlachtfeldes ansichtig wurde, mit all den zerfetzten Goldhauben, Tüchern, Röcken, Kitteln, da mußte sie lachen den ganzen Tag.

Unter den Weibern aber war Feindschaft aufgerichtet für diesen Winter.

Wie der Goggolore ins Butterfäßchen tat und dem Herrn die Trübsal brachte

Vorderhalb der Ullerin an der Kirche war der Pfarrhof. Dort wohnte der Herr. Der war gar stattlich von Leibsgestalt und gewaltig nach seiner Art. Drum ehrten ihn die Leute und trugen ihm zu, was sie Gutes hatten: frische Eier, Butter, Schinken, Fische und anderes mehr.

Und Margaret, die Magd, nahm in Empfang, was die Leute brachten. Dann kochte und buk sie viel schmackhafte Speisen daraus, so daß des Herrn irdisch Teil wohl bestellt war und mit seines Leibes Stattlichkeit auch Ansehen und Ehre wuchsen.

Der Herr nun redete den Leuten heimlich ins Gewissen, daß sie den Hutzelmann verjagen sollten.

Beim Wirt beschimpfte er ihn und nannte ihn ein Heidengreuel und Unziefer, vom schwarzen Höllenteufel erzeuget.

Ja – eines Sonntags früh tobte und wetterte er gegen ihn sogar von der Kanzel.

Dafür tat ihm der des Abends Regenwürmer in die Suppe und eine dicke Ringelnatter ins Bett. Dann aber begann er im Pfarrhof zu poltern, daß es eine Art war. Bald versah sich der Herr keines Rates mehr. Eines Abends ging er selbst zur Ullerin und befragte sie, weil er wußte, daß diese Erfahrung hatte im Umgang mit Geistern und mit Gespenstervolk.

Sie riet ihm, er solle Erbsen streuen am Fußboden in Stube und Kammer. Da würden die Hutzelmännlein ausgleiten und nimmer kommen. Und der Herr tat, was ihm die Trud geraten.

Aber der Goggolore ging nicht auf die Erbsen.
Sondern er sprach zum Herrn: »Herr! Erbsen hätteft nicht streuen sollen! – Hätteft nicht streuen sollen!«
In den nächsten Tagen war es still im Pfarrhof.
Fast schien's, als hätten die Erbsen das Männlein vergrämt, worüber sich der Herr erklecklich freute.
Bald darauf geschah es, daß ein schwäbischer Silberschmied vom Unterland her ins Dorf gefahren kam und seine Kostbarkeiten zum Kaufe bot.
Auch am Pfarrhof klopfte er. Die gute Margaret saß in der Küche auf der Ofenbank, hatte Waſſer ins Hexenfäßlein getan und wollte eben anfangen, Butter auszurühren. Also schloß sie es schnell zu, öffnete dem Krämer die Türe und führte ihn zum

Herren in die Stube. Dort war bald ein lebhafter Handel im Gang um die herrlichen Leuchter, Rosenkränze und Silberschnallen, die er auf dem Tisch ausgebreitet hatte. Margaret schlug ein über das ander Mal die Hände über dem Kopf zusammen ob all der schimmernden Pracht, die sich da vor ihren Augen auftat.

Keines von den dreien merkte, daß im Fenster unter einem blühenden Geranienstock eine fette Feldmaus saß und sie belauerte. Während sie nun gerade im Handeln und Feilschen waren, schlüpfte sie hinter dem Blumenstock hervor und huschte in die Küche.

Dort kletterte sie auf die Ofenbank zum Butterfäßlein, schüttelte den Pelz ab und war der Goggolore. Der begann mit vielen Mühen den Deckel abzuschrauben.

Als ihm das gelungen war, stemmte er ihn zur Seite, setzte sich darauf und – mit Verlaub zu sagen – tat hinein.

Und als er endlich damit fertig war, zog er den Deckel wieder darüber, schraubte ihn fest mit vielem Fleiße und begann nun zu buttern, als ob nichts geschehen wäre.

Unterdem kam die gute Margaret herein, verklärten Antlitzes, denn sie hatte ein neues Geschnür erstanden. Das trug sie in Händen.

Sagte der Goggolore: »Margaret! Was hast?«

Die gute Margaret fuhr aus ihren Träumen und rief: »Heiliger Uli! Jetzt ist der wieder im Haus!«

Mit unschuldsvoller Miene sprach der Goggolore: »Sag, Margaret! Was hast?«

Margaret glotzte ihn an und wußte nicht, was sie sagen sollte.

Sprach der Goggolore teilnahmsvoll: »Sag, Margaret! Hast was recht Schönes?«

Da sagte die gute Margaret langsam: »Ei ja, freilich hab ich was Schönes gekauft! Einen Vorstecker han ich gekauft, einen ganz und gar silbrigen, und sieben Ellen Geschnürketten mit lauter Demantknöpflein dran. Da sieh, wie schön es ist!«

Und sie zeigte es ihm.

Er aber arbeitete so fleißig am Butterfäßchen, daß ihm der Schweiß auf der Nase stand, und schnaufend vor Eifer keuchte er: »Ja, Margaret! Das ist wohl über die Maßen schön! Insonderheit das mit den Demantknöpflein. Das mag dem Herren ein Wohlgefallen werden. Und wenn dich des Mesmers Bub sieht, nimmt er dich zum Weib und du wirst Mesmerin! He, Margaret! Bedenk doch einmal!«
Da seufzte die gute Margaret aus ihres Herzens Grund und sprach: »Gott geb's«, und strich zärtlich mit ihren Fingern über die gleißenden Kleinodien. Während sie so miteinander plauderten, begann es im Fäßlein zu kluckern und zu kollern als ein Zeichen, daß der Butter fertig sei.
Wie Margaret das hörte, ging sie in die Speisekammer, holte eine Holzmolter, um den Butter dreinzulegen. Auch der dicke Hauskater kam aus dem Kamin heraus, weil er gerne frischen Butter fraß. Während sie ihre Holzmolter mit Wasser einnetzte, stieg er schnurrend ums Fäßlein herum und wetzte sich den Buckel an den Bankfüßen.

Dann gebot die Margaret dem Goggolore: »So du! Jetzt hör auf! Das Fäßlein kluckert stark. Ich vermein, daß der Butter fertig fei.«
Also hörte der Goggolore auf zu arbeiten und sah zu, was sie täte. Sie aber schraubte den Deckel ab und wollte eben hineingreifen, als ihr ein schmerzhaftes Gerüchlein in die Nase schlug. Entsetzt schaute sie ins Fäßlein und sah gar bald, daß anderes darinnen herumschwamm als der erhoffte Butter.
Der Goggolore aber sprang von der Bank herab, klammerte sich an den Schwanz des Katers; dazu bellte und kläffte er wie ein großer Hofhund, daß der Kater in Todesängsten über Kasten und Tellerrahmen wegraste.
Die gute Margaret begann zu schreien, als ob sie am Spieße steckte, griff nach dem Besen und schlug nach ihnen. Die aber fuhren wie der leibhaftige Gottseibeiuns durch den Kamin zum Dach hinaus.
Den Lärm vernahm der Herr in der Stube. Pustend und blasend kam er gesprungen, um zu sehen, was es gäbe. Wie er nun gewahr wurde, welche Untat geschehen war, geriet er außer sich . . ., denn jäh flammte in seiner Seele der Verdacht auf, das Hutzelmandl habe ihm Küche und Keller behext. In der Angst schalt er die Margaret gottserbärmlich.
Dann aber gereute es ihn, und er hub an, gewaltig zu klagen, so wie weiland Jeremias der Prophet und Wundermann seligerweil' im Alten Bund getan. (21)
»Wehe!« rief er. »Wehe!

    Daß mein Auge hat sehen müssen den Tag des Verderbens,
    An dem hinsinkt die Freude meines Lebens!
    Denn siehe, Margaret! Dieser Schlechte
    Hat mir ins Butterfäßlein getan.
    Fluch hat er gebracht über Speis' und Trank.
    Erfüllet hat er mit Unflat die Quelle der Süßigkeit
    Und der Lust meiner Seele.
    Ach, daß ich dieses nicht gesehen hätte!

> Nun wird hinschwinden meines Leibes Wohlgestalt
> Die ich sorglich gepflegt habe alle Stunden
> Mit sanftem Ei und Speck
> Und köstlich mildsamem Goldbutter.
> Der Schlechte aber hat mir ins Butterfäßlein getan
> Und seines Unflates Stunk
> Weichet nimmermehr
> Aus des Fäßleins liebreizend duftendem Kirschholze.
> Ach!«

Als die gute Margaret des Herren gewaltige Klagweis' vernahm, da wurde ihr elend ums Gemüt, so daß sie anfing, herzlich zu weinen.
Der Herr aber fuhr fort in milder Trauer:

> »Heule, Margaret, daß die Sonne aufgegangen ist über dem Tag,
> An welchem der sündigen Erde Ausgeburt
> Gewalt angetan hat der Würde deines Herrn.
> Siehe, Margaret! Nicht mehr wirst du braten können alle die Tage
> Zartrote Forellen
> Noch liebliche Fleischpfanseln,
> So des köstlichen Duftes voll sind
> Und reizend glitten über mein Zünglein
> Wie die himmlische Ambrosia
> Weiland dem Heidenkönig Zeus.
> Nie,
> Nie mehr
> Wirst du zarte jungfräuliche Göcklein an den Spieß stecken
> Und beträufeln mit goldenem Butter,
> Auf daß sie würden
> Ein knusprig Labsal,
> Das meine Seele hüpfen machet und frohlocken allezeit.
> Margaret!
> Margaret!«

Als er so gesprochen hatte, war ihm ganz matt zumute. Die gute Margaret aber heulte jetzt so bitterlich, daß ihr die Tränen wie zwei Gießbächlein aus den Augen sprangen. Darüber wurde auch ihm weich ums Herz. Er setzte sich neben das Fäßlein auf die Bank und seufzte gewaltig.
Also saßen beide in großer Trauer. Neben ihnen aber stand das Fäßlein und stank.
Das kam dem Herrn mit einem Male in den Sinn. Er hielt mit dem Seufzen inne und sprach in schauerlichem Tone:
»Margaret! Schmeckest du nicht, daß das Fäßlein stinket?«
»Ach ja«, schluchzte die gute Margaret, »Herr, es stinket.«
Nun stieg dem Herren die Galle hoch und er sprach:
»Was hockest du hier und heulest? Nimm's und heb's hinweg! Aus meinen Augen heb's hinweg! Häng's an den Gartenzaun, damit der Wind den Unflat verwehet!«
So stand sie denn auf und trug's fort.
Der Herr aber stapfte grimmen Sinnes hinauf in die Schlafkammer und ging mit sich im Bett zu Rate, wie da endgültig abzuhelfen sei.

Wie der Herr ins Kloster fuhr und der magere Hochwürden ein gerechter Herr war

Zu jener Zeit lebten im Kloster Dießen (22) hochgelehrte Mönche, die manch geheime Wissenschaft wußten. Das bedachte der Herr. Gleich nach Hahnenschrei wickelte er sich aus dem Bett, weckte die Magd und hieß sie den Schlitten anspannen.
Also setzte Margaret die Pelzkappe auf, zog den Schimmel aus dem Stall, schirrte ihn an. Auch machte sie im Schlitten mit vielem Stroh einen warmen Sitz zurecht für den Herren. Der aber begab sich hinab in den Keller.
Dort wählte er unter den Blutwürsten die dickste, desgleichen ein ansehnlich Stück geselchtes Fleisch, vergaß auch eines Korbes voll Eier und eines Krüglein Schnapses nicht. Alles zusammen verstaute er fein säuberlich im großen Zächerer und gab ihn der Margaret in Obhut.
Die hockte sich hintenauf ins Saugatter.
Er selbst scharrte sich vorne im Stroh ein Nest, schlug dem Hengst mit seinem Prügel ordentlich auf die dicken Hinterschinken, und dann ging's dahin im knirschenden Schnee durch den dämmrigen Morgen, als führen sie zu Hofe.
Munter griff der Schimmel aus. Als die Sonne über Andechs stand, fuhren sie im Klosterhof zu Dießen ein.
Der Herr suchte die Hochwürden auf und klagte ihnen sein Leid. Diese setzten sich gleich darüber zu Rate. Sie schlugen in den alten Büchern nach, die mit Silber beschlagen und in dickes Schweinsleder gebunden waren. Lange suchten sie und konnten nichts finden über Erdmännlein und Waldwesen.

Endlich besann sich der allerälteste unter den Hochwürden. Er glaubte sich zu entsinnen, daß er in seinen jungen Tagen in einem Buche in der Kirche davon gelesen habe. Das Buch aber war dort an einer Kette festgeschmiedet und rundum mit Gold verziert. Also gingen sie alle zusammen hinüber und fanden wirklich das Buch und in dem Buche mit deutlichen Buchstaben geschrieben, daß vor undenklichen Zeiten einmal eine Baumseel oder Erdmännlein gewesen sei bei den seligen Frauen von Weingarten (23) am See. Das habe dort in Treuen gedient siebenzig Winter lang. Es habe mit der Zeit allerlei geistliche Künste und Wissenschaft erlernt. Insonderheit habe es alle anderen übertroffen im Schwingen des Rauchfasses: In incensione nulli secundus stund geschrieben. Zudem habe es niemand verstanden, Frau Hatuluns Schleppe mit so vollkommenem und zierlichem Anstande zu tragen wie es, wenn sie mit ihren Frauen zur Mette ins Chor zog, so daß es die Äbtissin – Frau Hatulun – über die Maßen liebgehabt habe. Zu dieser Zeit sei ein besonderer Segen allenthalben zu vermerken gewesen. Einmal aber hätte ihm eine Novize Leid angetan aus Eifersucht, worauf es verschwunden wäre für immer. Von diesem Augenblick an seien die Weinstöcke im Garten verdorrt und ein Unglück nach dem anderen gekommen und bald darauf an Frau Hatuluns Sterbetag das ganze Kloster von den wilden Hunnen niedergebrannt worden. So stund in dem goldenen Buche mit deutlichen Buchstaben geschrieben. Nur wie das Wesen geheißen, war nicht vermerkt.

Darüber kamen den Hochwürden doch Zweifel, ob es ratsam sei, das Erdmännlein zu bannen. Weil aber der Herr solches durchaus getan haben wollte, beschlossen sie, daß der gelehrteste unter ihnen, ein alter Hochwürden mit schneeweißem Bart, mitfahren und die Beschwörung selber in die Hand nehmen solle, falls er es an Ort und Stelle für nötig erachte.

Des war der Herr zufrieden und richtete sich zur Heimreise. Er hockte mit dem Hochwürden im Stroh, die gute Margaret wie zuvor hintenauf im Saugatter und hütete Wurst und Speck.

Der Herr aber schlug dem Schimmel wiederum tüchtig auf die Hinterbacken, daß der Schnee stob.

Wie sie nun vor Entraching durchs Moor kamen, verspürte der Herr ein lieblich Gelüsten nach frischer Blutwurst. Also sprach er zur Magd: »Margaret! Lang' ein Brotzeit herfür! Hochwürden Herr Pater hungert!«

Da reichte die Margaret Würste, geselchten Speck, Eier und Schnaps nach vorne. Der Herr sagte »mit Verlaub« und machte sich ans Essen. Wie er nun die Eier anschlug, waren sie allesamt faul – und angebrütet. Darüber wurde er ärgerlich, schalt die Magd und griff zur Blutwurst. Kaum aber hatte er einen herzhaften Biß getan, mußte er sich über den Schlitten lehnen und St. Ulrichen empfehlen, denn er hatte in ein Nest von nackten jungen Mäusen hineingebissen, wovon er einen so ekligen Grausen bekam, daß er meinte, sein Magen stülpe sich nach außen mitsamt dem ersten Kindsmus. In seinen Nöten griff er zum Schnapskrug, um sich mit einem kräftigen Schluck zu stärken. Aber wehe! Statt schmackhaften Zwetschgengeistes war etwas so Garstiges in dem Fläschlein, daß man es nit näher sagen kann, also daß ihm nunmehr wirklich so übel wurde, wie wenn er des Todes sterben müsse.

Da erbarmte sich der alte Hochwürden. Er reichte ihm aus seinem Mantel eine Phiole mit feinem Zyperwein.

Den trank der Herr aus.

Daraufhin wurde ihm wieder besser.

Nun begann er gottslästerlich zu schimpfen, und zwar auf den Goggolore, und sagte, dieser Unziefer wär's gewesen, der ihm den Streich gespielt habe.

Während er tobte und zeterte, hob der Hengst den Schwanz. Und darunter kam – der Herr traute seinen Augen nicht – ein dürres Händchen herfür, das schob den Schwanz zur Seite, und nun sah er den Goggolore draus vorgucken. Der fletschte die Zähne und bleckte ihm – bäh! – die Zunge entgegen. Dem Herrn stockte das Blut in den Adern. Bevor er sich noch zu fassen vermochte, war der Goggolore wieder zurückgeschlüpft.

Außer sich, schüttelte der Herr den Hochwürden beim Arm und schrie: »Sehet, sehet – da – grinst er herfür!«
Zugleich schlug er mit seinem Prügel nach dem Goggolore, traf aber den Schimmel auf den Hintern. Der tat einen mächtigen Satz nach vorne, daß die gute Margaret kreischend aus dem Saugatter in den Schnee flog.
Als sie endlich Roß und Schlitten zum Stehen gebracht und die Magd wieder aufgeladen hatten, war der alte Hochwürden recht erschrocken, denn er hatte von dem Geist nichts gesehen. Er schüttelte den Kopf und sprach:
»Herr Bruder! Jetzt seh ich Euch mit Sorgen an, denn Ihr habet wahrlich ein bös' Gesicht gehabt. Das mag Euch an der Leber

liegen. Vielleicht ist sie schwarz, so ein hitzig Geblüt und Phantasmata machet. Da solltet Ihr doch zur Ader lassen und alle zwei Tage Vollfasten halten.«

Von den Vollfasten hörte der Herr nicht gern.

»Hochwürden«, brüllte er ihn an, »wie möget Ihr solches sagen! Vollfasten halten alle zwei Tage! Wo denket Ihr hin? Wollet Ihr denn, daß ich des Todes sterbe, ehe der Mond wieder voll wird? Habet Ihr denn nicht gesehen, daß der schlechte Unziefer es war, der uns solche Schmach angetan? Ach wehe, daß Euer Augenlicht trübe geworden ist vom Alter!« Und versank in grimmes Schweigen, bis sie in Finning anlangten.

Dort glaubte der alte Hochwürden, der Lärm und Krach ginge sogleich los im Hause, und bereitete sich vor, den Geist mit den stärksten Künsten zu beschwören und zu bannen.

Aber alles blieb ruhig.

Auch am nächsten Tage bekam er den Goggolore nicht zu Gesicht. Nun machte er sich mit dem Herrn gemeinschaftlich auf und besuchte die Höfe, in welchen angeblich das Erdmännlein umging. Zu seinem großen Erstaunen mußte er überall bemerken, daß die Leute rechtschaffen und fleißig hausten und die Dinge nicht übler standen als anderswo. Wie ihm denn auch noch die Leute klagten, das Erdmännlein ließe es nicht zu, daß sie eine Weile über die Zeit rasteten und faul wären, da mußte er heimlich lächeln, denn er erkannte, daß das Männlein ein Wesen war, das man gewähren lassen müsse.

Inzwischen war es neblig und diesig geworden. Auch fiel der Schnee in dichten Flocken.

Wie die beiden nun so nebeneinander herstapften, meinte der alte Hochwürden, er habe nur Gutes bis jetzt gesehen. Auch könne er bei bestem Willen keinen Grund finden, weshalb man diesem Geiste mit großem Bann auf den Leib rücken solle.

Das ärgerte den Herrn. Er wollte durchaus, daß der Hochwürden den Goggolore beschwöre. Der aber lehnte dies ab: es sei ein gut und rechtschaffen Ding um solch fleißig Wesen und

Gehabe im Ort. Das könne einen rechten Chriftenmenfchen nimmermehr ftören, fo doch letztlich alle Lebewefen unter dem Himmel gefchaffen feien von Gottes Hand.

Als der Herr folche Rede hörte, fchrie er ihn wütend an, der Hochwürden folle fich fo faule Reden fparen. Er könne nichts und habe nichts gelernt. Das fei der Grund für feine elenden Ausflüchte. Er fei ein feiger Stümper! Deswegen habe er ihn nicht im Schlitten hergefahren. Er folle fehen, wie er ihm aus

den Augen komme. Schlug ihm die Tür vor der Nase zu und ließ den alten Hochwürden im Schneegestöber stehen.

Rundum war dichter Nebel und die Flocken wirbelten, daß man kaum die Hand vor den Augen erkennen konnte. Während der alte Herr frierend seine Kukulle um sich zog, vermeinte er einen dünnen grünen Lichtschein zu bemerken und dachte, er käme da zu einem Hof, der ihm für die Nacht Obdach böte. Aber wie er so diesem Scheine folgte, schien es, als glitte der vor ihm her. Bald bemerkte er, daß es bergauf ging und daß er offenbar, ohne es zu wollen, zu St. Willibalds Kapelle hinaufstieg.

Je höher er stieg, desto mehr legte sich das Schneegestöber, desto lichter ward's um ihn.

Das kam ihm recht merkwürdig vor.

Wie er aber oben bei der Kapelle aus den Bäumen trat, da zerfloß der feine Schein, und vor ihm tat sich eine stille Winternacht auf in zauberhafter Pracht.

Auf Busch und Strauch, Wiese und Wald lag es wie wundervolle Blüten weiß von Schnee, überfät mit glitzernden Kristallen.

Über ihm blinkten und blitzten Tausende flimmernder Sterne, und durch die unsagbare Stille zog himmlische Musik.

Nur tief unten lag das Dorf in dumpfem Nebel, daß man kaum die Dächer zu erkennen vermochte.

Da war es dem alten Hochwürden, als ob auch in ihm so wunderbares Singen anhübe und er einstimmen müsse in das urewige Alleluja ringsum. Er griff nach seinem Rosenkranze und schritt kräftig durchaus.

Er kam ins Kloster zurück und wußte nicht, wie er den weiten Weg verträumt hatte in dieser Wundernacht.

Wie im Pfarrhof ein trauriges und doch fröhliches Ende herging

Am nächsten Abend trat Zeipoth zu Margaret und sprach: »Margaret! Heut früh war unser Männlein bei mir und hat mir aufgetragen, du solltest dein Kopfkissen wenden. Es wäre wegen dem Schreck mit dem Butterfäßlein und der Mesmerei.«
Die arme Margaret dachte im stillen, was das nun wohl wieder zu bedeuten habe. Aber neugierig, wie sie war, schlüpfte sie doch in ihre Schlafkammer und wandte das Kopfkissen.
Und fand –
einen dicken Beutel, angefüllt mit lauter harten Talern.
Voll Freude nahm sie den Beutel Geldes, lief hinunter zum Herrn und rief:

»Eija, Herr! Sehet doch, wie gut das Männlein heute zu mir ist! Einen Beutel Geldes hat es mir beschert. Das gibt ein rechtes Heiratsgut und Schmerzensgeld von wegen dem Butterfäßlein.«

Der Herr sah sie zuerst entrüstet an. Dann nickte er langsam mit dem Kopfe und sprach:

»Margaret, also auch du! Auch du bist gefangen im Garne des Bösen! In den Künsten dieses heimtückischen Höllenscheusals! Wehe über dich! - - - Gib her! Reich mir dies Geld, daß es weiter keinen Schaden tue.«

Und nahm den Beutel voll Silbertaler und trug ihn in seine Schlafkammer hinauf.

Die gute Margaret aber ging in die Küche, hielt den Schurz vor die Augen und begann zu heulen; denn sie war arm und konnte ohne die Taler nicht in die Mesmerei einheiraten trotz der sieben Ellen Geschnürketten mit den Demantknöpflein.

Draußen war es Nacht geworden.

In den Höfen ringsum sprachen die Leute den Rosenkranz. Durch die kleinen Fenster flackerte der fahle Schein der Kienspäne. Aus den Kaminen stieg der dünne blaue Rauch in die kalte Winternacht.

Um diese Zeit klopfte es bei Hugbald, dem Schreiner.

Als man die Tür auftat, stand der Goggolore draußen und sprach: »Schreiner! Einen schönen Gruß vom Herrn! Und eine Totentruhe (24) sollst machen. Aber so groß, daß er drin Platz hat!«

Dann fuhr der Wind um die Ecke, und fort war das Erdmännlein wie weggeblasen.

Um die gleiche Zeit klopfte es beim Mesmer. Als man hinaussah, stand der Goggolore draußen und sprach:

»Mesmer! Einen Gruß vom Herrn! Und eine Gruft sollst aufgraben. Aber so groß, daß er drin Platz hat!«

Und verwirbelte im Tanz der Schneeflocken.

Gleich drauf schlug es an des Webers Tür. Irwing öffnete und sah den Goggolore vor sich. Der sprach:

»Weber! Einen Gruß vom Herrn! Und ein Totenhemd follft ihm wirken. Aber fo groß, daß er drin Platz hat!«
Wieder fuhr der Wind um die Ecke, und weg war er.
Da fagte Meifter Irwing: »Das deutet nichts Gutes an. Ich will nach dem Pfarrhof gehen.«
Er ging.
Auf der Straße traf er Meifter Hugbald und Dietrich, den Mesmer. Sie erzählten fich, was gefchehen war.
»Es ift eine böfe Nacht heute. Laffet uns fehen, ob kein Unglück gefchehen ift.«
Als fie in den Pfarrhof kamen, fanden fie die Margaret fchreiend und heulend, den Herrn tot in feiner Schlafkammer. Er hatte den Beutel Geldes in feine Schatztruhe einfperren wollen. Dabei war er auf den ausgeftreuten Erbfen ausgeglitten und über die Truhe gefallen. Der Truhendeckel, aus fchwerem Eichenholz gezimmert und mit mächtigen Eifenbändern befchlagen, war ihm aufs Genick gefallen und hatte ihn fo erfchlagen.
Da war nun ein großer Jammer.
Die Ullerin bahrte den Herrn auf bei Krautfuppe und Speckknödeln. (25) Margaret buk einen mächtigen Seelenfpitz mit einer Pfundkerze und braute Totenmet. (26) Dann kamen die Leute mit roten Wachsftöcken und Rosmarinkränzlein, um Leichenwache zu halten und Rofenkranz.
So begruben fie ihn in allen Ehren und trauerten, wie es der Brauch ift.
Der neue Herr, der im Pfarrhof aufzog, war von kümmerlicher Leibsgeftalt, aber gut; der trachtete dem Goggolore nicht nach dem Leben.

Wie der Goggolore gut zu den Kindlein war

In diesem Sommer regnete es viel und immer zur Unzeit. Grüne Weihnachten gaben weiße Ostern. Dennoch schien sich's mit den Obstbäumen gut anzulassen. Als aber gerade die Gärten ringsum in Blüte standen, fuhren schwere Regenschauer von Westen her und vernichteten mit der reichen Blütenpracht die Hoffnung auf Fruchtsegen. Mit dem Heu ging's ebenso. St. Medardus goß das Wasser mit Schäffeln von oben, daß es sieben Wochen nach ihm durchregnete und nicht ein ungenetzter Halm unter Dach kam. Und an Jakobi, da sonsten die Kindlein die ersten Äpfel schütteln, gab es nichts als steinharte Holzbirnen, die so sauer waren, daß sie einem den Mund wundfraßen, wenn man hineinbiß. Bei diesem Mißwuchs hatten die Kindlein keine Freude, sondern mußten Hunger leiden. Sie aßen die grünen Holzbirnen. Viele wurden krank.
Da gingen die Leute in den Wald und holten Honig aus den hohlen Bäumen, damit die Kindlein davon gesund würden.
Mittlerweile kam die Laurenziwoche, da die Bader zinsen gehen. Weil nun die Ullerin wußte, daß die Leute Honig hatten, so ging sie herum und zinste ihnen den Honig weg. Die Leute aber getrauten sich nicht, ihn zu verweigern, denn sie fürchteten die Trud. Also hatten die Kindlein nichts und waren doch krank.
Zeipoth verdroß das gewaltig. Kurzerhand machte sie sich auf nach dem Burgberg. Dort oben schrie sie nach dem Goggolore. Und siehe, er stand gleich vor ihr und fragte, was sie begehre.

Nun erzählte fie von den kranken Kindlein, und wie fie fo trau=
rig fei, daß man ihnen gar nicht helfen könne, und daß fie ihn
halt recht bäte. »Schau«, fagte fie, »es find doch die Kindlein,
die tuen niemand nichts Böfes an und find dir doch fo zugetan.
Sind ja nicht große Leut, fich und anderen ungut bei Tag und
Nacht.« Auch erzählte fie, was die Ullerin in ihrer Bosheit an=
gerichtet habe.
Der Goggolore zwinkerte mit dem Auge und hieß fie eine füße
Milch nehmen, ankochen, Eier und Bier dreintun. Auch gab er
ihr fonderbares Kräuterwerk dazu. Das folle fie auch mit=
kochen, und zwar fo lange, bis es ftark und lieblich röche. Alfo
ging Zeipoth heim, bereitete den Trank und brachte allen Kind=
lein im Ort davon: fie follten's trinken und »helf Gott« dazu
fagen, fo würden fie gefund. Und fo war es auch. Über Nacht
waren alle gefund.
Der Morgen von Laurenzi kündete einen herrlichen Tag an.
Schon bald nach Mitternacht um Hahnenfchrei begann das Ge=
birge aufzuglühen, als läge es in unferes Herrgotts Schmiede=
feuer. Ringsum war's tauig und lind. Durch die weiche Däm=
merung fchrillten die Grillen ihren Nachtgefang.
Mit dem Morgenrot kam der Oftwind vom See hergeflogen.
Mit ihm zog der Goggolore ins Dorf.
Kaum daß die erften Mäher aus den Höfen kamen, rumorte er
fchon gaßauf und gaßab, lärmte, gackerte wie die Hennen,
fchrie wie die alten Kater, daß die Hofhunde anfchlugen, pfiff
und fang und fchlug Purzelbäume.
Von diefem Lärm und Krach wurden die Kindlein wach.
Als die Sonne am Himmel hochftieg, tollten Mädeln und
Buben mit dem Hutzelmann und balgten fich mit ihm im
Gras. Wie fie nun alle beifammen waren, zogen fie hinunter an
die Windach.
Dort fchnitt der Goggolore von Schilf ein Rohr und fchnitzelte
mit viel Lift und Bedachtfamkeit eine kunftreiche Pfeife draus.
Dann hub er an zu blafen und zu flöten und zog wieder hinauf
ins Dorf, und hinter ihm drein alle die Mädeln und die Buben.

Er aber blies eine gar wunderlieblich Melodei, so seltsam, daß die Wespen und Hummeln und Fliegen hinterfliegen mußten.
Wie sie nun vor des Pfarrers Garten waren, siehe, da brausten auch die Bienen aus den Körben hervor, immer mehr und mehr, daß bald die Luft zitterte von ihrem gewaltigen Summen.
Der Goggolore aber zog weiter und blies immerfort. Überallher kamen neue Bienen zu Tausenden und aber Tausenden. Das surrte und sauste in der hellen Morgensonne, daß die Leute in die Häuser liefen und die Türen verschlossen. Nur Zeipoth war unter die Kindlein getreten und mitgezogen. Aber die Honigvöglein taten niemand etwas zuleide, sondern flogen hinter dem Goggolore her, weil er Macht über sie hatte.
Vor der Ullerin ihrem Haus machten sie halt. Wie nun der Goggolore allem Viehzeug gebot, daß es sich setzen und schweigen solle, da sprach Zeipoth den alten Immensegen, daß ihn die Kindlein lernten:

Honigvöglein! Süßen!
Laffet euch fchön grüßen
Von unferer Lieben Fraue
Hoch oben auf himmlifcher Aue.
Die fchick euch einen guten Tag,
So warm und lind er werden mag,
Aus jeder Blüh' viel Süßigkeit,
Aus jeder Blum viel Köftlichkeit!
Dazu foll euch geben
Sankt Barbara ihren Segen,
Sankt Irmingard eine gute Fahrt,
Die euch vor allem Schad bewahrt.
Fliegt unter euch,
Fliegt über euch
Bis hoch hinauf ins Himmelreich,
Und habt ein gefegnet Gedeihen!
Eine rechte Tracht im Maien!
Eine rechte Tracht im Jul!
Dazu eine auf den Herbft hinaus!
Das füll euch euer wächfern Haus
In des Dreiheiligen Nam',
Der ftarb am Kreuzesftamm! (27)
Am'n.

Der Goggolore aber klatfchte in die Hände und rief:

»Nun flieget in der Ullerin Haus
Und faufet ihr allen Honig aus!«

Da erhob fich ein gewaltig Braufen und alle die Immen drangen ins Trudenhaus ein durch Tür und Fenfter und die Dachluken und durch das Hennenloch.
Die Ullerin war faul und lag noch im Bett. Die Honigtöpfe hatte fie zuhinterft unterm Strohfack verfteckt, damit fie kein Dieb finden follte. Wie nun an allen Ecken und Enden die Bienen hervorkamen, da geiferte fie: »Ei jo! Ei jo! Euch ruck ich

auf den Leib, daß ihr am Wiederkommen verzaget!« und gedachte nach dem Sack der Knechteswinde zu greifen und einige fette rauszulassen. Also schlug sie die Decken zurück und versuchte aus dem Bett zu steigen. Aber bautz – in demselben Augenblick schossen schon die Immen auf sie zu und angelten sie in Wade und Nase, daß sie mit einem Satz wieder zurücksprang und sich zutiefst in den Federn verkroch. Dabei rumorten die Bienen unter ihrem Strohsack in den Töpfen mit gewaltigem Gebraus und soffen den Honig aus. Und die Ullerin lag oben in Todesängsten und hatte die Decke über den Kopf gezogen.

Sooft sie ihre rote Nase hervorstreckte, saß auch schon ein Imm daran und schlug ihr seinen Angel ins Fleisch.

Also mußte sie still liegen den ganzen Tag unter Weh und Ach und hatte solchen Jammer um ihren Honig.

Der Goggolore war mittlerweile auf den großen Holzbirn=
baum gestiegen, der vor der Kirche stand. Dort zeigte er den
Honigvöglein, sie sollten allen Honig in die grünen Birnen
hineinflößen. Sooft nun eine Birne angefüllt war mit süßem
Seim, warf sie der Goggolore herunter den Mädeln in die
Schürzen. Die Buben aber kletterten auf den Baum und pflück=
ten und schüttelten tüchtig und stopften sich die Taschen voll.
Das war ein freudenreicher Laurenzitag, denn jetzt konnten die
Kindlein Birnen essen nach Herzenslust.
Der Goggolore aber tat den Kindlein das Vermächtnis, daß es
so bleiben solle alle Zeit. Seitdem gibt's Goggoloribirn in jedem
Bauerngarten. Die sind zwar klein, aber gar süß von dem Honig=
seim inwendig, selbst wenn sie noch grün sind. Drum schaden sie
auch den Kindlein nicht. Nur müssen sie darauf achten, daß jede
Birn ihren Immenstich hat; sonst ist's keine echte.

Wie Zeipoth der Margaret Nächstin ward

Margaret beerbte den Herrn, denn sie war die einzige, die um seine verborgenen Reichtümer wußte.
Als sie glaubte, genügend traurig gewesen zu sein, zeigte sie dem jungen Mesmer Geld und Erbtum und fragte ihn, ob er sie wolle einheiraten lassen. Der überlegte sich's, sagte dann ja, er wolle schon, wenngleich sie etwas alt sei. Aber er könne ja, wenn sie stürbe, eine Junge nehmen.
Margaret war des wohl zufrieden.
Also dingten sie den Hochzeitslader, ließen einsagen rundum auf den Dörfern bei Verwandten und Bekannten auf Sankt Kathreins Tag und bestellten Aberwin, den Pfeifer, mit seinen Musikanten.
Dann ging Margaret zur Zecherweberin und sagte, Zeipoth solle ihr die Nächstin (28) machen, da sie doch den Hutzelmann ins Dorf gezogen habe. Aber da fuhr die Weberin hoch: »Nächstin machen, das fehlte noch! Streunet mir doch das Weibstrumm mehr in Holz und Moor, als daß sie in Stall und Kammer werket. Hockt im Schnee und füttert Raben, hat zuhöchst unterm Dach ein Uhlenloch gebauet, daß uns der Tovogel in die Suppen scheußet, und hat im Keller ein Krottennest aus Moos geflochten, daß mir die Milch sauert, ehvor sie aufrahmt. Margaret«, keifte sie, »ein solich Miststück soll dir Nächstin machen? Eijo, eijo, eijo – ist dir der Drehwurm ins Hirn g'fahren?«
»Sell nit«, meinte Margaret ängstlich, »han halt bloß gemeinet, 's wär recht so.«

Inzwischen war die Ullerin herzugeschlichen. Die wiegte ihre Warzennase: »Ich glaub, die Margaret hat recht«, knurrte sie bedachtsam. »Weberin, dir schwillt vom Ärger die Leber und treibt dir die Gallen in's Geblüt. Aber bedenk, welcher Kerl mag bei der Zeipoth ins Kammerfenster steigen, wo sie doch nit von dem Unziefer abläffet. Und wer vermöchte den zu bannen und auszutreiben, da doch keine Christenseel weiß, mit welchem Nam' der beschrien werden kann. Weberin«, sagte die Ullerin und zwinkerte mit dem Triefauge, »der Mesmersnächstin könnet ihr einen Kerl zusagen, aber nit dem Teufelsmensch. Kasten und Truhen sind voll bei euch, daß der Boden kracht. Ihr habet Vieh im Stall und wisset nit, wohin mit Kalb und Ferkel. Bei dir wächst das Glück wie Fliegenschwämm nach dem Regen. Die Äcker tragen dir Korn, daß es der Stadel nit faßt. Deine Hennen legen von Lichtmeß bis auf Kirchweih und

schrecken sich nit einmal an der Hollerblüh. Da werd' sich doch in drei Teufels Nam' ein Bock finden, der zu all dem Überfluß und Erbtum die Erdmandlgeiß in Kauf nimmt. Schlag nit aus, Weberin«, sagte sie, »wenn euch Margaret die Ehr' antut.«
Wie nun die Weberin noch unschlüssig stand und sich auf die Lippen biß, da meinte die Ullerin mit List: »Dem Burger= meister sein Lutz wär wohl zu kriegen, wann ich dort Fürsprach einleget. Der Lutz ist ja wohl etwas fehlerhaft im Wachstum, aber was schadet's! Ich vermein, daß man die zweie wohl zu= sammenkriegen könnt'. Weberin«, sagte sie, »ich mach' dir's billig. Ein Kuhkalb könnt's dir doch wert sein. Findest nit auch, Margaret?« fragte sie die. Weil aber die Margaret nickte und »wohl, wohl« sagte, da schlug die Weberin schließlich ein, ob= wohl ihr das Kuhkalb bald das Herz abdrücken wollte.

Wie nun Zeipoth hörte, fie folle dem Lutz zugefagt werden, wollte fie nicht. Nächftin mache fie der Margaret gerne, aber einen Hochzeiter nehme fie nicht, und einen, den ihr die Trud zugebracht habe, fchon gar nicht. Da fchrie die Weberin, daß die Nachbarfchaft zufammenlief, zerfchlug ihre Nudelfchüffel vor Wut und getraute fich doch nicht, die Scherben der Zeipoth ins Geficht zu fchlagen – wegen dem Goggolore.

Als nun der Vortag von Sankt Kathrein kam, man Kalb und Schwein fchlachtete und beim Wirt die Scheunentenne fegte, da lud die Weberin den Lutz zu fich auf ein füßes Habermus, damit fie aushandeln könnten, was die Ullerin eingefädelt hatte.

Um diefe Zeit befahl der Goggolore der Zeipoth, fie folle das Purgierpulver, welches die Ullerin fürs Kuhvieh gerieben aus Fuchsleber und Nieswurz, ins Zimmetkrüglein einfchütten, fo würde ihr's gar wohl zunutze fein. Alfo tat Zeipoth, wie ihr der Goggolore geheißen. Dann ging fie mit Vater Irwing zu Margaret auf Befchau.

Kaum war fie weg, fchürte die Weberin den Keffel an, um das häbrige Mus zu kochen mit dickem Rahm und viel Butter. Auch hitzte fie einen Topf Honig und rührte aus dem Zimmetkrüglein wohl einen gehäuften Kochlöffel voll ein – mehr als einem Stier bekömmlich ift fürs Gedärm. Dann führte fie den Lutz durch Kammern und Stall, zeigte Kornboden und Gewandfchränke und fchob ihm fchließlich das Süßmus, wohlbegoffen mit dem Gewürzhonig, unter die Nafe. Er löffelte feine Musfchüffel aus bis auf die Neige und ahnte nicht, was ihm bevorftand. Aber auch die Weberin griff wacker zu und half ihm beim Fraß.

Noch hatten fie nicht den Löffel weggelegt, da begann fich ihr Gedärm zu erheben gegen fie, knurrte laut und krampfte, daß beide zugleich auffuhren vom Tifch, um hinters Haus zu rennen. Trotzdem der Lutz der Schnellere war und noch vermochte, die Tür mit dem Herzen hinter fich zuzufchlagen, bracht er feine Hofen nimmer ganz vom Leib. Aber die Weberin – fchlau wie

fie war - hatte bereits Halt und Sitz gefunden auf dem Pflugbock.
Dann hub das große Leid an.
Indes beschauten Vater Irwing und Zeipoth Margarets Fertigung. (29) Die war in Prächten zugerichtet. Den ganzen Vormittag hindurch hatte die Krixlnahterin die Schränke vollgeschlichtet mit Tuch und Leinwand, mit Wolle und Gespunst, auch über die Liegestatt buntes Bettgewand gespannt und drauf Margarets Festkleider hingeschlichtet: drei mächtige Röcke zu je dreißig Ellen feinen schwarzen Tuchs, den seidenblumigen Janker, Kropfschnalle und Vorstecker und obenauf die dicke, schwere Brautkrone, ganz aus Goldfiligran und bunten Perlen. Daneben lag noch eine zweite, die der Nächstin, und ein Janker, ebenso prächtig wie der Margaret ihrer, auch himmelblau mit weißen und roten Rosen.
Die gute Margaret, die eben unten ihre Nudeln auf Probier kochte, kam herauf und war gewaltig stolz auf all den Reichtum. Der Weber strich mit seinen knochigen Händen wohlzufrieden über die vielen Stoffballen in Kasten und Truhen, griff ins Tuch, ob's füllig geworden war auf der Bleiche, und lobte mit bedächtigen Worten die Nahterin, die in der Ecke auf ihren Taler lauerte.
Das war ein Kommen und Trappen die Stiege herauf, und ein Herumstehen von den Leuten, denen das Lob aus den Mäulern floß und aus den Augen der Neid troff, überreichlich.
Man redete hin und her und pries es, daß der Lutz Nächster sein sollte. Auch sein Hut lag wohlgeziert mit dem goldenen Hochzeiterkranz neben dem des Mesmers.
Als es bereits dämmerte, wartete man immer noch auf den Lutz. Da er nicht kam, brachte Margaret Nudeln und Bier, damit die Zeit verginge.
Doch alles Warten war umsonst.
Des Nachts beim Licht der Kienspäne fanden ihn die Burschen und schleppten ihn nach Haus.

Wie der Goggolore die Weberin abdankte

Anderntags holte man die Braut ein mit der Nächstin, beide in ihren Glitzerkronen, hinauf zum Wirt, und tat ihnen Bescheid mit süßem Wein. (30) Der Hochzeiter reichte Brot und Wurst, und die Musikanten spielten dazu auf. Dem bleichen Lutz riet jedermänniglich, er solle doch ordentlich in die Kanne gucken, da würde sich sein Leiden von ihm wenden. Und der tat denn auch so. Dann zogen sie hinüber in die Kirche mit Trommeln und mit Pfeifen.
Wie nun die viere vor dem Herrn standen, auf daß er den Mesmer und die Margaret zusammentäte, da ward der Lutz unruhig, trat von einem Bein aufs andere, denn sein Gedärm erhob sich abermals heimlicherweil' gegen ihn.
Plötzlich aber stieß er seinen Hut Aberwin, dem Pfeifer, der hinter ihm stand, in die Hand und sprang zur Sakristeitür hinaus. Der Herr guckte verblüfft um sich. Am Chor oben sangen sie nicht weiter. Die Burschen stießen sich an und bissen sich die Lippen wund. Keiner war da, der dem Hochzeiter Nächster sein konnte. Aberwin grinste, daß seine weißen Zähne blitzten, und hielt mit dem Hut in der Hand Ausschau nach dem Lutz.
Weil aber der nicht mehr kam, winkte endlich der Herr dem Pfeifer, hieß ihn an dessen Stelle treten und gab das Paar zusammen. Oben am Chor sangen sie das Jubilate, geigten und schlugen die Orgel. Unten nahm der Pfeifer Zeipoth bei der Hand und trank mit ihr Sankt Hannsens Wein. So war er

Nächfter geworden und wußte gar nicht recht, wie er zu der Ehr' gekommen, er, der Mufikant und Kohlbrenner.

Inzwifchen hatte man beim Wirt die Schüffeln mit dem Voreffen aufgetragen und dampfende Knödel dazu. Da kamen nun die Spielleute herein und tirilierten, und jedermann griff wakker zu. Die Brühe löffelten fie aus, die Kutteln taten fie in ihre roten Befcheidtücher, um fie heimzutragen für den nächften Tag. Dazu gab's Bier und Wein in Strömen.

Auch der Lutz war nochmal gekommen, ein Haufen Elend, faß ftill und ruhig und getraute fich nicht, fich zu rühren. Die Braut weinte ein wenig, wie fich's gehörte, und Zeipoth mußte kichern, daß ihre Brautkrone klirrte.

Als man nun das Bratenfleifch gegeffen hatte und der Krauttanz anhub, da Margaret mit dem Nächften den Vortritt haben follte, fchrien die Burfchen: »Lutz, halt's Maul offen, daß dir die Haut hinten nit zu weng wird!« Doch der lachte nicht, ihm war traurig ums Gemüt. Dennoch verfuchte er's mit Margaret. Aber kaum hatte er den erften Sprung getan, da bracht er's Maul von felber nimmer zu. Denn jetzt hatten fich Bier, Wurft, Kraut und Knödel eines anderen befonnen, wollten die lange Reife durch den Lutz nimmer tun und drangen ftürmifch ans Licht zur Freude von Hund und Katz. Wie das der Aberwin fah, ftülpte er fich mit einem Juhfchrei dem Lutz feinen Hut aufs Ohr, fprang ftampfend vor die Hochzeiterin, führte mit ihr den Krauttanz an und fchmetterte dazu auf feiner Klarinette, was rausging. Die Weiber kreifchten »eijo, eijo«, die Männer fchlugen auf den Tifch und tranken fich zu, die Burfchen aber griffen den Mädeln unter die Janker und ftemmten fie in die Luft, daß der Tanzboden krachte.

Dröhnend fchwangen fie fich im Siebenfprung und Schuftertanz, im Zwiefachen und Wendein, bis man das Kälberne gebraten und gefotten auftrug.

Mittlerweile war's Abend geworden. Der Wirt fteckte die Lichtftöcke an; ja – Margaret hatte fogar Kerzen geftiftet, als wäre fie eines Edelmanns Gefpons.

Nun schritt man zum Abdanken. Zeipoth hielt als Nächstin die große Schüssel, der Hochzeitslader trat neben sie und begann zu singen, während Aberwin als Nächster das Weisetgeld von den Gästen entgegennahm und dazu blies.
Da tat sich was Seltsames:
Schon hatte der Lader seinen Dank dem Hochzeiter=Vater gesungen und wollte gerade der Nächstin=Mutter, der Zech=weberin, den Spruch bringen, da hob sich aus Zeipoths großer Brautkrone was Runzligverrupftes heraus, hing sich vorn über den Rand wie der Pfarrer auf der Kanzel und plärrte mitten hinein – der Goggolore!

Mit einem Schlag war der Lärm verstummt. Einige deuteten auf Zeipoth: »Eijo, der Hutzelmann!« Der aber grölte zur Musik:

»D' Weberin, die dankt ma ab /
für ihr bös' Maul,
Hand'lt mit'm Nächstinakranz /
wia mit am Gaul,
Den ma am Jud verstellt /
daß er'n verschleißt,
Wann ihr da Lutz net daweil /
ebbes drum - - - gern zahl'n tät,
Wenn er der Weberin sei Muas /
nit g'freff'n hätt'!«

Darob brach ein Sturm brüllenden Gelächters los, der selbst die Trommel überdröhnte. Etliche schrien so vor Lachen, daß ihnen das Bier hochkam, etliche lagen über'm Tisch und wischten sich Tränen, Kraut und Bratenfett aus dem Gesicht. Aberwin stand in seiner ganzen Pracht leuchtenden Auges vor Zeipoth, geschüttelt von einem Lachen, das aus dem innersten Herzwinkel kam; denn Zeipoth versuchte mit den Händen nach dem Hutzelmann in der Brautkrone zu angeln und ihn zu greifen. Der aber schlug ihr auf die Finger, stieß mit seinen Heuschreckenbeinen danach und führte oben einen richtigen Affentanz auf. Sooft Aberwin die Klarinette ansetzen wollte für den nächsten Spruch des Laders, mußten alle neu aufkreischen vor Lachen, so daß Aberwin, nach Luft schnappend, nur noch Mißgetön hervorzubringen vermochte.

Mit dem Abdanken war's vorbei, ehvor es überhaupt richtig angefangen hatte.

Unterdessen lag der Lutz in der Knechtskammer, grad so als ob er sterben müsse. In der Not hatte man heimlicherweis' zur Ullerbaderin geschickt, ob sie ihm nicht einen Schlaggeist oder sonst etwas eingeben könnte, das ihn von seinem Elend kurierte. Die nun hatte ihm das Gedärm geputzt und einen Rachtrunk eingeschüttet. Da sie fertig war mit ihrer Dokterei, schlich sie sich verstohlen aus der Knechtskammer und nistete sich lauernd wie das leibhaftige Verhängnis unter der Haustreppe ein, dort, wo man Reisig und Brennholz für die Küche hingeschlichtet hatte.

Zwei Knechte, welche die Stiege herunterpolterten, um vors Haus zu gehen, entdeckten sie zufällig.

»Verreck«, stammelte der eine, »die Seelnonn auf der Hochzeit!«

Aber die Ullerin drohte ihnen grimmig, sie sollten das Maul halten und sie nicht verraten.

Währenddem war's Zeit geworden zum Kammergang. Die ledigen Burschen und Mädeln blieben zurück, zündeten den Verheirateten Windlichte und Laternen an; dann begannen die Musikanten aufzuspielen, hinter ihnen schritt das Hochzeitspaar, geführt vom Nächsten und der Nächstin. Und die Verheirateten gaben ihnen in langem Zuge das Geleite, nüber in den Hof, hinauf zur Schlafkammer.

Als man nun die viere in die Kammer einschließen wollte, wußte der Aberwin nicht, wo er hingehörte: zu den Spielleuten oder in die Brautkammer. Die Musikanten zerrten ihn heraus, die Alten schoben ihn hinein, bis der Hochzeiter=Vater selbst ein Ende machte, die Tür zuschlug und den Schlüssel umdrehte:

»Der Pfeifer ist Nächster und bleibt Nächster! Er soll mit in die Kammer, wie's Brauch und Ordnung ist von alters her.«

So stand nun Aberwin drinnen hinter der Tür und blies heraus, die Musikanten standen draußen und bliesen hinein. Und die Alten hielten sich den Bauch vor Lachen.

Noch am Heimweg wackelten sie mit den Köpfen: »Hat jemand schon solch einen Kammergang erlebt!«

Unterdessen war die Ullerin aus ihrem Versteck hervorgekrochen, hatte sich Späne und Sägemehl vom Rock geklopft und war hinaufgestiegen zu den Ledigen, die auf die Spielleute warteten. Als nun die Jungen sie gewahr wurden, legte sich betretenes Schweigen über den Saal. Aber die Trud kehrte sich nicht daran, griff nach der nächsten Bierbitsche und soff sie auf einen Zug aus.

Dann wifchte fie fich grunzend mit dem Ärmel übers Maul und mufterte alle der Reihe nach wie eine Kreuzfpinne, die nach ihrem Opfer äugt. Da fingen die Jungen zu lachen an und fchoben der Ullerin ihre vollen Bierkrüge hin, die fie leerte, als hätte ihr Schlund keinen Boden.

Endlich kamen die Mufikanten wieder und fpielten auf; doch der Pfeifer fehlte. Drum fpitzten die Burfchen das Maul und pfiffen für ihn, wie's notwendig war. Die Lichtftöcke rußten und fchwelten, daß man kaum mehr die Hand vor dem Auge fehen konnte im Qualm. Auch hatte den meiften das Bier die Knie gelockert und das Bewußtfein getrübt. Der dumpfe Saal dröhnte vom wilden Gewoge der Tanzenden, die dahinfegten, daß die fchweren Röcke den Mädeln die Waden wundfchlugen und den Burfchen der Schweiß im Genick ftand.

Die Ullerin hatte sich wankend von Tisch zu Tisch gesoffen, bis sie bei der Musik landete. Dort verfolgte sie lüsternen Blickes die Jungen, die dampfend und stampfend sich an ihr vorüberschwangen. Sie begann mit den Fingern zu schnackeln, unflätig zu grölen, auf und nieder zu hopsen und die Musikanten immer mehr anzutreiben.
Von allen Seiten schrie man: »Ullerin tanz, Ullerin drah!«
Mit einemmal sprang sie zum Trommler und begann auf die Trommel einzuschlagen. Je wilder das ging, desto schauerlicher grölte und kreischte sie dazu. Dann aber tat sie einen mächtigen Satz, schnellte sich samt der Trommel mitten unter die Tänzer, sprang um sich selbst, immer schneller und schneller, bis sie – stocksternhagelbesoffen – mit einem Ruck wie tot hinschlug, den Kopf im Trommelfell.
Da schrien die Knechte: »Jetzt hat sie der Teufel geholt«, luden sie auf einen Schubkarren und schoben sie unter viel Hallo ins Trudenhaus. Aber als sie dort im Hausgang abluden, rülpste sie plötzlich: »Bier!« »Verreck!« lachten da die Knechte. »Die ist zu schlecht, als daß sie der Teufel möcht.«

Wie die Pest ins Land zog und was der Goggolore tat

Über eine Weile geschah es, daß sich Unheil allenthalben anmeldete. Die Milch verwandelte sich in Blut über Nacht. In der Eresinger Gruft klopften die Toten. Im Pfettenschloß zu Windach ging die graue Frau. Die hörte man nachts auf den Gängen schluchzen und bitterlich weinen. Und dennoch – der Sommer war gut wie schon lange nicht mehr.
Als der Winter kam, mehrten sich die Zeichen. In der Nacht von Allerseelen meldete sich was ganz Grausiges. Da sahen die Fischer am See einen langen Zug von grauen Gestalten im Nebel. Die kamen vom Lande her und trugen Tote. So zogen sie in endlosen Reihen über die bleigrauen, regungslosen Wasser des Sees und verschwanden im fahlen Nebeldunst.
Bald nach dieser heillosen Nacht erschien der Schlehhutzel in Finning und verbot den Bauern, sie sollten niemanden mehr ins Dorf einlassen; sollten auch keine Unterkunft geben, wenn ihnen ihr Leben lieb wäre.
In den folgenden Tagen sah man den Hutzelmann von Haus zu Haus wandeln mit einem silbernen Rauchpfännlein und in allen Ecken, in Kammer und Dachboden, Keller und Tenne und Stall herumschlüpfen und ausräuchern. Seltene Kräuter verbrannte er, daß das ganze Dorf nach dem beizenden Rauche roch.
Bald darauf brachten fahrende Leute die Botschaft, die Pest sei in Ulm und ziehe schon auf Augsburg los. Täglich kamen nun Flüchtlinge aus dem Unterland. Doch ließen sie die Finninger nicht in den Ort, sondern stellten Wachen aus.

Näher rückte die Gefahr. Nach wenig Wochen hörte man, daß der Schwarze Tod in Landsberg umginge.

Als die ersten Schneestürme übers Land fegten, regierte die Seuche rundum überall. Nur Unterfinning war bis jetzt von dem schrecklichen Sterben verschont geblieben. Aber mit einem Male hub der Erdschmiedl an zu pochen (31), zuerst in der Weberin ihrer Bettstatt, dann in mancher Kammer.

Eines Abends in diesen Tagen geschah's, daß Irwing der Bauer noch allein unten in der düsteren Stube war und Leinwand wirkte beim flackernden Schein einer Ölfunzel. Der Sturmwind stieß dröhnend und ächzend in den Kamin und heulte mit den armen Seelen um die Wette zu dem eintönigen Pochen des Webstuhls.

Zeipoth schlief. Da klopfte es am Fensterladen. Der Weber horchte auf und dachte, es sei der Wind, der am Laden riß. Nun hörte er eine Stimme wimmern: »Tu auf! Gevatter! Tu auf!«

Er aber bekreuzte sich und sprach: »Ich – tu nit auf.«

Auch die Weberin vernahm's, schlich an die Tür und fragte: »Wer ist draußen, daß er uns Gevatter nennt und zu nachtschlafender Zeit an fremde Fenster klopft?«

Doch die Stimme schrie: »Bei allen Heiligen und unseres Herrn und Heilands Barmherzigkeit! Tu auf, Gevatterin! Laß mich ein!«

Weil ihr nun die Stimme so bekannt vorkam und sie bedachte, daß wer in dem Unwetter draußen stünde, tat sie auf. Da war's einer, ihr gar wohlbekannt aus jungen Tagen, und war kaum mehr seiner mächtig und elend vor Nässe und Frost. Das griff der Weberin ans Herz. Sie ließ ihn herein, bot ihm einen Weidling Milch, bettete ihn hinter den Ofen aufs Stroh. Der aber trank nicht, sondern es schüttelte ihn das Fieber und die Kälte so sehr, daß ihm das Blut aus Mund und Ohren sprang. Dann fiel er in tiefe Ohnmacht.

Um die gleiche Zeit erwachte Zeipoth in der Kammer, denn es riß ihr etwas gewaltig an den Zöpfen und schlug ihr ins Gesicht mit dürren Händlein.

Sie erkannte, daß es der Goggolore war. Der aber ließ ihr keine Zeit zum Fragen, sondern zerrte ihr die Bettdecke vom Leib und hieß sie ein Licht anschlagen.
Dann sagte er: »Eil dich! Nimm, was dir not tut, und komm! Der Tod ist im Haus! Die Weberin hat ihn eingelassen!«
Nunmehr hörte sie unten Stimmen, und sie erschrak, daß ihr's Blut im Halse stockte. Der Schlehhutzel aber trieb zur Eile. Also nahm sie einen Laib Brot, tat eine Decke um – dann schlüpften sie beide hinten zur Stalltür in die Nacht hinaus.
Der Goggolore trippelte voraus über den Schnee, in dem sie bis über die Knie einbrach.
Stoßweis heulte der Wind einher und peitschte ihr wütend die eisigen Schloßen ins Gesicht. Es war so dunkel, daß man kaum die Hand sehen konnte vor den Augen.

Nur vom Goggolore ging ein dünner Schein aus, gerade genügend, daß Zeipoth ihm folgen konnte.
So stapften die beiden durch den Sturm.
Endlich merkte Zeipoth, daß es bergauf ging. Es kam ihr vor, als müßten sie in der Nähe der Burgplatten sein.
Bald auch konnte sie die Umrisse der Schlehdornhecke erkennen, auf die der Goggolore zumarschierte.
Vor einem alten, fast undurchdringlichen Schlehengestrüpp machte er halt und bedeutete ihr, sie solle nachschlüpfen. Er kroch voraus in das Strauchwerk hinein. Zeipoth versuchte es, aber es wollte nicht glücken. Denn das Geäst hielt fest wie ein schmiedeeisernes Kirchengitter. Weil jedoch der Goggolore nicht nachgab, scharrte sie mit den Händen eine Rinne im Schnee und kam mit Ach und Müh, wenn auch zerkratzt und verfroren, innen an.
Dort war unter der Wurzel des Baumes ein Loch im Boden, so groß wie die Einfahrt zu einem Dachsbau. Der Goggolore trippelte hinein, während Zeipoth auf dem Bauch nachkroch. Das Loch ging im Boden nach der Tiefe. Bald wurde es weiter und heller, und schließlich befanden sie sich in einem Gewölbe, das Mauern hatte aus dicken Quadersteinen. Da und dort waren Löcher in den Wänden, worin kleine Lichtlein brannten, so daß es recht behaglich, hell und warm war. In einer Ecke lag ein Haufen Laub und Moos. Ein kleiner Tisch stand daneben und sonst mancherlei seltsames Gerät, darunter auch das Rauchpfännlein.
Während Zeipoth noch am Boden saß und erstaunt um sich schaute, sah sie, wie der Goggolore in ein Loch an der Wand schlüpfte und verschwand.
So machte sie sich denn auf dem Laubhaufen ein Bett zurecht, sprach den Abendsegen und schlief ein.
Der Fremde in des Webers Haus starb noch in selbiger Nacht. Am Morgen fand ihn der Bauer tot im Stroh.
Einige Tage darauf ging die Seuche im Ort um, ärger als anderswo. Kein Mensch wagte sich mehr in die Nähe des andern.

Freundschaft und Treue waren ausgelöscht. Auf allen Lebenden vom Kinde bis zum Greis lastete schlotternde Todesangst.

Nur eine hatte jetzt Erntezeit, die Ullerin, die Seelnonn. Tag und Nacht trappte sie ingrimmig über Land, schmierte die Kranken mit Pestsalbe, zerrte die Toten auf den Gottesacker oder in eine Schindergrube, erntete schweres Geld, erntete Hab und Gut – soff und erntete. Und wo sie auftauchte, wandelte mit ihr das graue Entsetzen, und wo sie abzog, blieb trostlose Stille.

Ganze Höfe starben aus. Auch beim Zecherweber war's still geworden. Die Weberin war die erste, der die Pest das Lebenslicht ausgeblasen hatte.

Wie Zeipoth im Berg saß und spann

Der Goggolore tat der Zeipoth Botschaft vom großen Sterben.
Sie sprach das »Herr, gib ihnen die ewige Ruh« und das »Eyn fröhlich Urständ laß ihnen angedeihen, Allmächtiger« und weinte bitterlich viele Tage lang.
Aber allgemach, wie die Zeit verrann, verrann der Schmerz.
Sie saß in ihrem unterirdischen Gewölbe und spann: der Goggolore hatte ihr eine silberne Spindel gegeben und lehrte sie einen Faden ziehen, fein wie Spinnweb im Frühtau. Wenn sie erwachte, fand sie auf dem Tischchen etliche Riegel Flachs. Die arbeitete sie weg, bis sie müde war und einschlief. Auch Essen, Brot, Äpfel, Eier, Schwammerlinge lagen da. Die briet sie auf dem Rauchpfännlein.
Den Goggolore sah sie ab und zu, aber er hatte es immer eilig. Doch brachte ihr dies nicht Langeweile. Allzeit hörte sie aus der Wand ein Wispern von dünnen Stimmchen wie von vielem heimlichem Volk. Die sangen geradeso, wie der Goggolore es im Rauchfang getan, nur viel, viel zarter. Das Singen kam aus den hellen Löchern und Nischen der Wand.
Manchmal versuchte sie hineinzugucken. Aber sooft sie's versuchte, löschte das betreffende Lichtlein aus, wie von einem Windhauch, so daß sie nie erfuhr, was da drinnen vor sich ging.
Bald zählte sie nicht mehr die Tage, sondern lebte still dahin, spann goldene Fäden, fein wie Spinnweb, und gedachte Aberwins, ob er wohl gestorben sei. Dabei summte sie die Liedlein mit, die aus der Wand kamen.

Eines Tages fiel es ihr auf, daß die Stimmlein lauter und frischer gingen als sonst. Auch huschte und raschelte es in allen Ecken, wie wenn die Mäuse tanzen.
Das wurde ärger und ärger.
Schließlich konnte sie der Neugierde nicht wiederstehen und fragte den Goggolore:
»Sag du, was raschelt es so, wie wenn die Mäuse tanzen? Und das Singen geht so laut.«
»Wir heizen«, sagte er.
»Heizen?« fragte Zeipoth.
»Ja«, sagte der Goggolore.

Sie aber schüttelte den Kopf, spann weiter goldene Fäden, fein wie Spinnweb, und träumte von Aberwin.

Wieder verging einige Zeit. Da schlüpfte der Goggolore aus der Wand. Er gebot Zeipoth, ihm zu folgen, trippelte durch den engen Gang nach oben, sie kroch ihm nach und kam wieder unter dem Schlehbaum ins Freie.

Als sie sich umsah, mußte sie die Hand vor die Augen halten vor dem hellen Sonnenlicht und konnte nicht satt werden vor Schauen, denn der Frühling war ins Land gekommen in wundersamer Pracht. Vor ihr, tief unten, schlängelte sich die Windach, verbrämt mit dem Goldgrün knospender Erlen. Ringsum aus schwellendem Moos und dem braunen Heidekraut nickten Tausende und Tausende leuchtender Blumen. Fern im fließenden Frühlicht glühte Sankt Willibalds Kapelle, und aus den duftenden Morgennebeln wuchs das Dorf. Der Schlehdornhag rundum aber war ein flutendes Gewoge von weißen Blüten.

Wie sie nun so im warmen Moose unter dem Gezweig des alten Schlehdorns saß und der lieben Sonne gerade ins Angesicht guckte, zupfte sie der Goggolore am Zopf und kicherte:

»Maidlein, das soll dein Brauttag sein – und weil du sorglich warst und hast nicht gerastet, haben wir dir eine Fertigung aufgetan, die dir die Menschen neiden werden. Komm und schau.«

Dann nahm er sie an der Hand und führte sie durch den duftenden Blütenwald hinein in den inneren Burghof.

Siehe, dort lag, weithin ausgespannt und verpflockt im Boden, die herrlichste Leinwand im Sonnenschein, dünn gewoben in überreichen Mustern, und glänzte wie eitel Silber in eines Goldschmieds Laden.

»Maidlein«, sagte der Goggolore, »das soll deine Aussteuer sein.«

Und während sie zwischendurch wandelten und Zeipoth die Hände überm Kopf zusammenschlug vor lauter Verwundern und großer Freude, erzählte er ihr, das sei von dem Garn, das sie den Winter über gesponnen hätte unten im Burggewölbe. Das hatte das heimliche Volk alles gewirkt mit wunderbaren Kün=

sten und in Schnee und Mondschein gebleicht. Darüber ward Zeipoth so glücklich, daß sie den kleinen Goggolore mit beiden Händen nahm und ihm, so häßlich und dürr er war, einen herzhaften Kuß gab.

Der aber geriet ganz außer Rand und Band, tollte darob auf der Leinwand rum, sang und plärrte.

»Maidlein«, schrie er ein über das andermal, »dafür sollst du heute deinen Hochzeiter haben.«

Zeipoth aber war mit einemmal ganz traurig geworden: »Wer mag wissen, ob er noch lebt«, sagte sie. »Ja, wenn du ihn brächtest, sollst du noch mal einen Schmatz dafür haben, denn du bist gut.«

Und der Goggolore sagte: »Schön soll er sein, wie sich's gehört für einen Hochzeiter.«

»Und groß soll er sein«, sagte Zeipoth.

»Und reich wird er sein«, sagte der Goggolore.

»Und schwarzäugig muß er sein«, sagte sie.

»Und überhaupt der Allerbeste muß er sein.«

So wandelten sie fröhlich im blühenden Gesträuch auf der Bleiche und malten sich dabei ihren Hochzeiter prächtig aus.

Mit einem Male hörten sie, wie jemand querfeldein singend auf den Hag zukam.

Schon teilte sich das Gezweig und ---

»Aberwin!« schrie Zeipoth und breitete ihm die Hände entgegen. Der Pfeifer wischte sich über die Augen, als schwindle ihm: so weitab von allen Menschen mitten in der Wildnis ein Zaubergarten und drinnen zwischen blendendweißen Leinenstücken sein Maidlein mit dem uralten närrischen Hutzelmann! Das war ihm doch zu unerwartet.

Zeipoth schlug das Blut im Halse. Eine Schwäche kam sie an vor übergroßer Freude, daß sie sich niedersetzen mußte. Aberwin legte sich neben sie ins Gras, hielt ihre Hand und sagte:

»Daß ich dich wiederfind!«

»Ja«, sagte sie, »nun will ich dir zugehören bis zum Jüngsten Tag und drüber naus in alle Ewigkeit!«

Aberwin, voll des Glückes, lachte ihr in die Augen: »Zeipoth, die Zeit ist lang bis zum Jüngsten Tag und länger noch die lange, lange Ewigkeit! Daß ich dich wieder hab zu dieser Stund, ist mehr!«

Nun erfuhr sie, daß man auch sie tot geglaubt, da doch das große Sterben so wenige übergelassen. Doch Aberwin hatte nach keiner andern mehr Ausschau gehalten seit Margarets Hochzeit.

Der Goggolore tollte auf dem Rasen.

Zeipoth und Aberwin saßen wunschlos glücklich unterm blü=
henden Hag, bis die Sonne sank.

Dann zogen sie hinab in den Zecherweberhof.

Wie Luft und Leid so eng beisammen wohnen und Zeipoths Glück ein Ende nahm

Als sie unten im Zecherweberhof in die Stube traten, starrte sie der Alte an, als wären ihm Tote wieder auferstanden. Zitternd fuhr er durch seine kummerweißen Haare und tastete verwirrt nach ihren Gesichtern. Aber bald verstand er, daß beide leibhaftig gesund den Weg zu ihm heimgefunden hatten.
Nun trug er heran, was der Kasten Kärgliches barg, und konnte sich nicht genugtun, den beiden übers Haupt zu streichen, während sie ihm erzählten.
Dann aber litt es ihn nicht mehr in der Stube, er rannte ins Dorf, klopfte an, wo noch Lebende hausten, und machte seinem Herzen Luft. Die Leute blickten erst scheu nach ihm: »Der Weber ist irr geworden«, flüsterten sie.
Schließlich trieb einige die Neugier nach dem Weberhof, vor dem schon die Ullerin stand und hineinäugte, was da vor sich ginge.
In der Stube brannte Licht, und die sich außen an die Fenster drückten, sahen Zeipoth und den Pfeifer am Tisch sitzen; sie hatten einander an der Hand, löffelten Milchbrocken aus der Schüssel und lachten mit dem Hutzelmann, der im Lichtständer hing und die Kienspäne putzte.
Darüber war den Lauschern seltsam zumut. Zögernd schoben sie sich zur Tür hinein und gafften sie an mit aufgesperrten Mäulern. Inzwischen war der alte Weber wiedergekommen mit einem Stück Selchfleisch und einer Kanne Bier vom Wirt, und mit ihm

der bucklige Lutz, dem Frau Pest ein beulennarbiges Geficht als Denkzettel hinterlaffen hatte. Nun hub ein Fragen an, wiefo fie noch am Leben wären.

Er wäre über den See hinüber verwichen, fagte Aberwin, und habe wieder Kohlen gebrannt wie früher. Der tiefe Wald habe ihn behütet vor der Seuche und der Leute Bosheit.

»Ach«, fagte Zeipoth und legte den Arm um Aberwin, »was wär' gefchehen, wenn wir nicht hätten flüchten können in Wald und Heide, dort, wo alles Gute atmet und wirkt! Bis an mein Lebensende will ich's dem Männlein danken, daß es mich fo treulich bewahrt hat und mich gebracht hat zum Heimlichen Volk! Dort ift kein Leid und keine Seuch und kein Falfch und Trug. Wer anders«, fagte fie zu den Leuten, »hätt uns denn vor Unheil bewahren können als der Goggolore!«

Der Ullerin war das letzte Wort nicht entgangen. Wie ein Ruck ging es durch fie: »Ha! Der Nam! Der Nam!«

Inzwifchen hatte fich der Lutz mit feinem fcheelen Gefchau vorgefchoben, grau im Geficht von Haß. »Deinen Goggolori kennt jeder und ift ein Pfeifer und Kohlenbrenner, und zu was der nutz ift, das kennen wir alle noch beffer.«

Aberwin fchaute ihn mit verwunderten Augen an.

»Spar dir dein Geglotz«, geiferte der Lutz, da fo viele um ihn herumftanden, »du Lump, du landläufiger! Das Webermenfch von Haus und Hof ziehen ift ein artig Stück, befonders, wenn einer fich den Nächftenhut aufgeftülpt hat. Trotzdem bleibt fo einer ein hergelaufener Bettelpfeifer – du Kohlenbrenner, du Gefehlter!«

Ein unheimliches Glimmen war in des Pfeifers Augen aufgeblitzt, der fchwer atmend vor Zeipoth ftand. Aber als Lutz das verhängnisvolle Wort »du Gefehlter« ausfprach, das Wort, das den Betroffenen ausfchließt aus der Gemeinfchaft ehrenwerter und gerechter Leute, die auf Grund und Erbtum haufen feit der Urväter Zeit, da fchloß ein dumpfer Hieb von Aberwins fchwerer Fauft dem Lutz das Maul, ehe noch irgend jemand vermochte, ihm in den Arm zu fallen.

Dampfend praffelte der Lichtftock auf. Im Qualm fprühten Zei=
poth zwei grüne Augen entgegen aus einem in Verzweiflung
verzerrten Geficht. Die Wurzelhaare auf dem uralten Kopf
fträubten fich wie ein Igelpelz. Die Krallenhändlein griffen in
die Luft, durchfichtig – im Augenblick war der Schlehhutzl zer=
ronnen. Der Weber fchrie: »Aberwin!« Zeipoth lehnte mit kalk=
weißem Geficht im Herrgottswinkel – da kam ihr's zum vollen
Bewußtfein, daß fie im Übermaß des Glückes Verrat begangen
hatte an ihrem Erdmännlein und dem ganzen Heimlichen Volk,
ohne es bedacht zu haben. Die Stube wankte, drehte fich, fie fah
einen wilden Knäuel von Bauernknechten, mitten drunter ihren
Aberwin, fah ein Meffer blitzen, warf fich dagegen an und fühlte
einen jähen Schmerz in der Schulter, hörte noch das Klirren
eines Fenfters – – – dann ward's dunkel um fie.

Als fie im Morgengrauen erwachte, lag fie in des Webers Schlaf=
kammer.
An ihrem Bett faß die Seelnonn, die Ullerin – fchob ihr eine
Schüffel Wafferfuppe hin – Zeipoth fchloß die Augen, drehte fich
zur Wand – bis fie den fchweren Tritt des Vaters die Kammer=
ftiege heraufkommen hörte –
und das Gefchlurf der abziehenden Baderin.
Wie Zentnerfteine lag's ihr auf dem Hirn. Mit faft jeder Fafer
ihres Herzens wehrte fie fich dagegen, daß nun alles ein Ende
haben folle.
Lange war der Weber fchweigend auf dem Bettrand gefeffen.
»Zeipoth«, begann er, »der Pfeifer ift weg – fie haben ihm nichts
anhaben können geftern zur Nacht. – Aber um Hahnenfchrei
war er noch einmal da – ift über die Holzbeug auf der Altan ein=
geftiegen – er ging unter des Kurfürften Soldaten, hat er gefagt,
und wolle in Treue dienen, bis er felber Haus und Hof erwerben
könne – daß euch keins von den Dreckmäulern befpeien könnt,
hat er gefagt. – Wollt dir auch Botfchaft tun, wann er wieder=
käm. Aber wie er noch hier oben war, find die Lutzifchen ein=
gedrungen, haben ihn abgelauert, daß er über den Stadel weg
hat flüchten müffen, und haben ihn mit Hunden aus dem Dorf
gehetzt.«

Wie Zeipoth dem Goggolore sein Geheimnis abrang

Keins hat die Tage und Nächte gezählt, da sich Zeipoth in der Kammer eingeschlossen hielt, da ihr die Tränen still und ohne Hemmung rannen, daß die Augen wund und blind wurden. Nichts mehr rührte sich im Haus. Nur das einsame Pochen des Webstuhls zermarterte ihr das Hirn.
So kam der Herbst.
Eines Tages im November, als das Sudelwetter über die öden Felder fegte und der Weber über Land gegangen war, um Arbeit abzuliefern, packte sie dumpfe Verzweiflung.
Sie wickelte sich in eine Decke und stieg hinauf zur Burg; ging um den Hag; schrie nach dem Goggolore mit dem Sturmwind um die Wette – doch alles blieb stumm.
Der Schnee peitschte ihr ins Gesicht, der Regen rann ihr durch die Kleider, daß das Wasser in den Strümpfen stand. Da zuckte ihr der Gedanke durch den Kopf, sie wollte sich den Eingang zum Heimlichen Volk erzwingen. Sie suchte nach dem alten Schlehdornbusch mit dem Loch darunter, fand ihn wirklich nach einigem Suchen und arbeitete sich unter ihm durch, obwohl die dornigen Zweige ihr die Kleider in Fetzen rissen und Gesicht und Hände blutig schrammten.
Gerade, als sie glaubte, den Eingang gewonnen zu haben, fuhr der Goggolore aus der Höhle mit gesträubten Borsten:
»Was unterfängst du dich«, schrie er sie an, »du hast das Recht verwirkt, daß – –«

In diesem Augenblick hatte ihn Zeipoth blitzschnell ergriffen.
»Nun bist du mein«, keuchte sie, »und ich laß dich nicht mehr,
und wenn ich dich halten muß bis zum Jüngsten Tag.«
Da stieß der Goggolore einen markerschütternden Schrei aus,
wandte und krümmte sich, ward kleiner und kleiner, und plötz=
lich hielt sie eine Kreuzotter in den Händen, die ihr wütend die
Giftzähne ins Fleisch schlug. Aber sie packte nur fester zu: »Beiß«,
sagte sie, »beiß zu, daß ein Ende wird mit dem Elend.«
Kaum war ihr dies Wort über die Lippen gekommen, fühlte sie
einen hundertfachen Schmerz, denn sie hielt einen geballten Igel
in den Händen, aus denen das Blut floß.
»Mach, was du willst«, knirschte sie, »du schreckst mich nicht. Du
bleibst von nun an mein, und wenn ich dich halten muß bis in
alle Ewigkeit.«
Nun zerging der Igel, und sie hielt wieder den Goggolore in
ihren Händen.
»Zeipoth«, sagte er tieftraurig, »laß mich los, denn die Zeit wird
lang bis zum Jüngsten Tag und länger noch die lange, lange
Ewigkeit. Es ist weder dir noch mir nütze. Noch hast du nicht
begriffen, was geschehen ist. Nun hast du Macht über mich
gegeben jedermann. Siehe, die Menschen werden von jetzt an
meinen Namen tragen von Dorf zu Dorf und Gau zu Gau und
Schande und Spott mit ihm treiben. Und sie werden wieder
wissen, daß unzählige von uns weben und wirken in Heide und
Wald, in Moor und Busch, und hatten es doch vergessen seit
langen, langen Zeiten. Und sie werden uns stören und werden
uns verraten, wann und wo immer sie können.«
Ein wildes Weinen stieg in Zeipoth hoch. Verzweifelt abwehrend
fragte sie, ob denn kein Weg sei, dies alles wiedergutzumachen.
Es gäbe wohl einen Weg, antwortete der Goggolore, aber sie
müsse wissen, das Heimliche Volk wirke seit Urbeginn der Zeiten
schon, und keines von seinen Wesen wisse, ob ihm am Jüngsten
Tage würde eine selige, fröhliche Urständ zuteil werden. Wohl
würden sie erlöst werden können, wenn um ihrer Seelchen wil=
len ein Menschenkind sich entschließen könne, die Gnade des

Todes von sich zu weisen. Dann würden sie alle sterben dürfen und wieder auferstehen mit den Menschenseelen. Aber ein Menschenkind, das den gnadenreichen Gevatter von sich weise, das gäbe es nicht. Dazu weinte er so bitterlich, daß ihm die hellichten Zährlein in den dünnen Bart rannen.
Den beiden ward, als müßte ihnen das Herz brechen.
Zeipoth sagte: »Männlein, wenn dem so ist, und wenn ich leben werde müssen in alle Ewigkeit, um deiner und deines Volkes Seligkeit willen, wollte ich's tragen.«
Doch der Goggolore schüttelte den Kopf. »Zeipoth, du hast schnell versprochen, was so schwer ist, daß noch kein Menschenkind es zu tragen vermocht hat.«
Aber Zeipoth nickte und gelobte ihm, es zu tun.
Wie er das hörte, geriet er außer sich vor Freude. Dann sagte er: »Zeipoth, das Leid, das dir das Herz abdrückt, von dir zu wenden, ist einzig und allein in deine Macht gegeben. Ich kann es nicht mehr. Aberwin wird wieder zu dir kommen, so du es willst. Und wenn die Zeit dazu anrückt, will ich bei dir sein.«

Wie die Ullerin vor aller Leute Augen hexte und ein feuchtfröhlich Ende nahm

Zur selben Stunde hockte die Ullerin mit den Knechten beim Bier.
Seit dem großen Landsterben pflegte sie sich allsonntags im Wirtshaus Bratenfleisch zu kaufen und hernach unter Kartenspiel und Gezote durchzulaufen, bis sie zu später Nachtstunde heimwankte ins Trudenhaus.
Beim Wirt führte sie das große Wort, mischte die Karten und schlug die Trümpfe auf den Tisch, daß die Krugdeckel klirrten. Damit sie aber nicht zu kurz käme, griff sie der Reihe nach zu den Krügen der Knechte und goß sich ausgiebig auf. Die aber

wagten nicht aufzumucken, hockten mit scheelen Augen und mußten's leiden, daß ihnen die Ullerin von ihrem kümmerlichen Lohn ein Erkleckliches aus dem Beutel holte.
Wie sie nun an diesem Abend grade so richtig im Auftrumpfen waren, klang von der Dorfstraße herab Hufschlag. Die Hofhunde schlugen an. Dann knarrte das Tor. Gleich drauf trat ein Reiter mit Federhut und Pistolen, die schweren Satteltaschen überm Arm, in die verrußte Gaststube, schneuzte sich, schlug sich den Regen vom Koller und rief nach der Magd, daß sie ihm die mächtigen Stulpenstiefel abziehe. Zum Wirt, der Licht brachte, sagte er, er begehre Unterkunft für die Nacht, er habe Botschaft zu tun an des Webers Tochter, zuvor aber wolle er heißen Wein und Fleisch, denn er sei schon seit dem frühen Morgen bei diesem Schinderwetter im Sattel gewesen. Dann lehnte er sich an den warmen Ofen, streckte die Beine von sich und horchte auf das Prasseln des frischen Herdfeuers in der Küche nebenan.
Am Tisch der Ullerin war's still geworden. Lauernd saß sie mit den Karten in der Hand und äugte nach dem Fremden, mißtrauisch wie die Knechte. Nur das Klappern und Hantieren aus der Küche drang durch die Stille.
»Ei, Ihr habt ja ein feines Kollegium beisammen!« unterbrach endlich der Soldat mit vergnügtem Spott. »Welch edles Herrenspiel habet Ihr denn getrieben, Sauklenken oder Tarocken?«
»Tarocken, hoher Herr«, gab ihm die Ullerin ebenso spitz zurück, »wie hätten wir's anders tun können, so doch Ihr im Anritt gewesen seid!«
»Will's hoffen«, sagte der Reiter lachend, »bei Sechsundsechzig oder Sauklenken hätt' ich Euch die Ehr' auch gar nit geben können.«
Inzwischen hatte der Wirt Essen gebracht, über das der Soldat herfiel wie ein Winterwolf. Während er nun von Wurst und Fleisch verschlang, was Zeug hielt, begann die Ullerin wieder die Karten zu mischen und auszugeben. Als dies der Reiter bemerkte, rief er mit vollem Munde kauend herüber: »He, wartet, edle Jungfrau, einen Augenblick! Ich will Euch die Gunst gewähren,

meiner Gulden teilhaftig zu werden. Eure anderen Kavaliers könnet Ihr ohnedies jederzeit rupfen!« Die Knechte hörten das nicht gern; mißtrauisch unsicher schoben sie ihre Karten zurück. Aber der Reiter wischte sich mit dem Ärmel das Maul, nahm seine Weinkanne und hockte sich rüber an den Tisch der Ullerin. Das erste Spiel ließ er sie gewinnen. »Ehrenhalber, wie's einer ›Dame‹ gebühret«, höhnte er.

Im zweiten Spiel setzte er einen Gulden, und die Ullerin mußte gegenhalten. Sie verlor.

Im dritten Spiel gereute sie der Gulden so sehr, daß sie das Doppelte gegensetzte und alle Bierkrüge leersoff. Doch diesmal hatte sie ihren Meister gefunden und verlor abermals.

Im vierten Spiel setzte sie das Dreifache, und der Soldat tat ihr Bescheid. Es war umsonst. Schäumend vor Wut riß sie ihm die Weinkanne weg, stürzte sie auf einen Zug hinunter und feuerte sie unter die Bank.

Aber der Wirt stellte auf des Soldaten Wink noch eine größere gleich wieder auf den Tisch, indes die Knechte sprachlos vor Verblüffung zusahen, wie die Ullerin Gulden um Gulden aus ihrem Rocksack hob; wer im ganzen Dorf hatte je solchen Reichtum bei der Baderin vermutet?

Wie nun der Soldat zum fünften Spiele die Karten ausgab, da fuhr sie plötzlich torkelnd auf, warf ihm die Spielkarten ins Gesicht und schrie: »Raubhengst du, hundsgemeiner! Falschspieler! Heckenreiter! Her mit meinem gestohlenen Geld, oder ich hol mir's!«

Der Soldat lachte aus vollem Halse. »Sieben Spiele fehlen noch, mein Täubchen, was speist du Gift und Galle, wo's doch jetzt erst anhebt hübsch zu werden? Überdies«, höhnte er mit lauernden Augen, »hast du zu Haus in Schrank und Kasten sicherlich noch viel, viel mehr an guten Gulden!«

Bei diesem Wort war die Ullerin mit einem gellenden Aufschrei zurückgewichen. Er aber brüllte sie an: »Daher! Und weitergespielt!« Zugleich sprang er vom Stuhl auf, um auf sie loszugehen.

In diesem Augenblick fuhr ein seltsamer Ruck durch ihre schwankende Gestalt. Mit gekrümmtem Daumen griff sie in ihr Auge, quetschte es aus dem Kopf und setzte es so auf die Ofenbank, daß ihn dieses Auge anstarrte. Das kam so unerwartet, daß er wie gelähmt stehenblieb, denn kaltes Grausen kroch ihm den Rücken hoch. Zugleich fühlte er, wie die Ullerin langsam auf ihn zukam. Aus der weiten, leeren Augenhöhle starrte sie ihn an, daß es ihn durchdrang bis ins Mark. Nun hob sie die Hand, deutete mit dem dürren Finger auf ihn, murmelte dazu Unverständliches. Und ihr Knochenfinger wuchs und wuchs, und deutlich spürte er, wie der mehr und mehr sich in sein Herz einbohrte und alle Kraft wich. Ihm war wie einem Frosch, den eine Giftotter mit ihrem entsetzlichen Blick bannt. Er hörte seinen Herzschlag in den Ohren pochen, fühlte, wie allgemach irgend etwas ihm den Hals zudrückte, daß er röchelnd nach Atem rang und sich langsam jedes Haar am Kopfe sträubte.
Wie er an die Wand zurücksank, fiel ihm die Hand von ungefähr an seinen Degen, den er nicht abgeschnallt hatte. Da durchzuckte ihn der Gedanke, er wolle sich mit dem letzten Aufgebot seiner Kräfte zusammenreißen und dieser Schandhexe mit der Waffe zu Leibe rücken.
Aber die Ullerin schien seine Gedanken gelesen zu haben. Blitzschnell griff sie unter ihren Rock, riß ihr Bein mit hörbarem Knack aus dem Knie und warf es ihm an den Arm, daß es ihm den Degen aus der Hand schlug und Arm und Hand gefühllos tot wie ein Leichenteil an ihm herabhingen. Das war zuviel für ihn. Jetzt geriet die ganze Stube in drehende Bewegung, sein Inneres schraubte sich nach dem Halse zu hinauf, er begann zu würgen, dann stürzte er mit glasigen, verdrehten Augen besinnungslos zu Boden.
Die anderen lehnten triefend von kaltem Schweiß auf Bänken und Stühlen, keines vermochte auch nur die Hand zu heben.
Die Ullerin aber musterte sie verschwommenen Blicks, soff den mächtigen Humpen in einem langen, langen Zuge leer und hopste zur Tür. Dort machte sie kehrt, langte sich den

Federhut des Soldaten vom Haken, stülpte ihn sich auf die Haube und rief zur Ofenbank hin: »Komm, Aug, komm!« Dazu pfiff sie, wie Fuhrknechte ihren Hengsten pfeifen. Und sieh, zum Entsetzen aller kroch das Auge mit einem Male hurtig, hurtig über die Bank, den Bankfuß hinunter und quer über die Stube auf sie zu, indem es wie eine Schnecke eine schleimige Spur hinter sich ließ. Sie aber hob's auf und drückte es klitschend wieder in ihre Augenhöhle. Dann tat sie auf zwei Fingern im zahnlosen Maul einen gellenden Hundepfiff: »Komm, Hax! Wir gehen!« Und das Bein, das bisher wie ein vermoder=

ter Baumstumpf im löchrigen Strumpf neben dem Bewußtlosen stand, holperte, sich polternd überschlagend, auf sie zu. Sie aber hings wieder ein, hub ein säuisches Lied zu grölen an und torkelte zur Tür hinaus, die krachend hinter ihr ins Schloß fiel.
Als ihr Gejohle in der Nacht verklungen war, schlug der Wirt ein Kreuz über sich: »Alle Heiligen mögen mich schützen, daß die noch einmal unter mein Dach kommt!« Dann wies er die Knechte, die sich den Schweiß von der Stirne wischten, an, sie sollten den Soldaten rauf ins Bett tragen, er wolle morgen früh ein gründlich Wort mit dem Pfarrer reden.
Am nächsten Morgen war der Soldat bald nach dem ersten Hahnenschrei schon in der Höhe, hatte sein Pferd gesattelt und war mit einbrechendem Morgenlicht verstört weitergeritten – heilfroh in seiner Seele, daß er aus diesem unheimlichen Hexennest fortkam.
Er durchritt die Windachfurt und schlug den Weg durchs Moor ein, als plötzlich das Pferd scheute und kerzengerade hochstieg. Fast wäre er gestürzt; er schlug dem Gaul die Sporen in die Flanken. Aber der stieg erneut hoch und machte kehrt.
In diesem Augenblick sah er, daß mitten auf dem Weg der schauerliche Fuß der Ullerin im Morast stak. Er fühlte jäh den Schwindel wie in der vergangenen Nacht und vermochte sich gerade noch am Sattelknopf anzuklammern, während der Gaul mit Schaum vor dem Maul ins Dorf zurückraste, wo ihn die Bauern abfingen.
Einige beherzte Burschen machten sich auf den Weg, um zu sehen, was gewesen wäre.
Sie fanden das Bein der Ullerin im Dreck auf dem Moorweg, und einige hundert Schritte davon auf dem Tümpel den Hut des Soldaten schwimmen, den die Ullerin gestern aufgesetzt hatte. Die Ullerin aber glotzte mit boshaftem Grinsen unterm Wasser hervor – ertrunken.
Offenbar war ihr das Bein, das sie – stockbesoffen, wie sie war – wohl schlecht wieder ins Knie eingehängt hatte, im Morast steckengeblieben, so daß sie hüpfend, gleich einer Amsel auf

dem Mist, unter Gegröl nach Haus strebte. Dabei war sie im Rausch vom Weg abgekommen, in den Tümpel gepflumpst und unter Freuden ersoffen, ohne es zu merken, also daß ihr der Gottseibeiuns eine gar angenehme Höllenfahrt bescherte.
Als das die Bauern sahen, sagten sie: »Laßt sie stecken, wo sie steckt. Im Moor ist sie wohl aufgehoben.« (32)
Viele Tage später erfuhr Zeipoth durch Zufall, daß ein Reiter dagewesen sei, um ihr eine Botschaft zu tun.

Wie Zeipoth zum Einsiedel ging nach Hübschenried

Aberwin war weit, weit weg – –
Keiner mehr brachte ein Lebenszeichen von ihm.
In Haus und Hof blieb's still. Da tappte nichts mehr über die Stiegen, guckte aus dem Ofenloch oder rumorte am Dachboden. Zeipoth fütterte Kröten und Zeisig, Spinn' und Gewürm bei Tag und weinte des Nachts und wußte nicht, was ihr weher tat, der Goggolore oder Aberwin, und konnte nicht vergessen, wie beide einmal gesagt hatten: »Die Zeit ist lang bis zum Jüngsten Tag, und länger noch ist die lange, lange Ewigkeit.«
Eines Tages nahm sie der alte Vater Irwing bei der Hand. »Kind, du sinnst so viel und bist nit froh? Das schmerzt mich!«
»Ja«, sagte sie und schloß die Augen.
Er aber sagte: »Daß du dich härmst, ist mir nit recht.«
Sie nickte.
»Komm«, sagte er, »wir wollen zum Einsiedel gehen nach Sankt Johannis Brünnlein; (33) das ist ein gar hochweiser, heilig= mäßiger Mann. Dort sollst du dir Rats erholen.«
»Ja«, sagte sie.
Also legten beide schöne Kleider an und machten sich frühzeitig auf den Weg nach Hübschenried zu Sankt Johannis Brünnlein, das gut ist für die Augen.
Sie gingen fürbaß, sie hinter ihm.

In der Entrachinger Filzen begegnete ihnen ein Nachbar. Der sagte: »Wo aus so zeitig?«
Sie aber schwiegen, erwiderten nichts, sondern schritten gradaus. Gegen Mittag kamen sie zur Klause. Die war mitten im tiefen Wald, vor Hübschenried.
Und Zeipoth trat vor den Einsiedel und erzählte ihm vom Goggolore, was er an ihr hätte Gutes getan; schließlich, daß sie sich dem Heimlichen Volk verlobt habe und doch könnte nimmer froh werden.
»Weib«, sagte der Einsiedel, »du verhandelst gar vermessentlich deine ewige Seel gegen irdisch Glück. Das kann dir nicht vergeben werden.«
Sie aber wehrte ab: »Nein! Nicht gegen mein irdisch Glück, sondern aus Bedauernis mit den Kleinen, die mir gut sind und allezeit in Angst leben vor dem Menschenvolk und nit wissen, wie ihnen Heil wird.«
»Weib«, sagte wiederum der Einsiedel, »was geht es dich an, ob die selig werden! Es ist der Teufel der Hoffahrt, Habgier und Lust, dem du zum Opfer gefallen bist, und hast deine Seel verpfändt um irdisch Glück.«
Aber Zeipoth hob die Hand zum Schwur und rief: »Nein und nein in alle Ewigkeit! Ich hab's getan, weil sie mich dauerten, weil ich ihnen bin zugetan. Ich will nit mehr lassen von ihnen, und wenn ich müßte unserer Lieben Frau Kronschleier wirken aus Sonnentau und Mondenlicht bis zum Jüngsten Tag. Nur sollst du mir sagen, daß ich habe recht getan.«
Aber der Einsiedel verstand sie nicht und schrie: »Weib, du frevelst! Dir kann nicht vergeben werden, es sei denn, daß du es vermöchtest, wirklich unserer holdseligen Frauen Kronschleier zu wirken aus Sonnentau und Mondenlicht. So aber laß die Hoffnung hinter dir! Wer an den Fluch rührt, den faßt er!«
Nun sah Zeipoth, daß der Einsiedel sie für eine Trud hielt. Sie stand auf und sprach leise: »Bei allen Heiligen schwöre ich dir: Abtun will ich von mir, was bindet. Ich hab' mein Lieb' verloren und weiß nit, ob ich's noch einmal finden werd', so will ich auch

nit mehr ablagen vom Heimlichen Volk, damit ihm werde eine selige, fröhliche Urständ.«
Barsch wandte sich der Einsiedel: »Weib, du hast dir dein Urteil selbst gesprochen. Geh!«
Sie ging – ging zu Vater Irwing, der am Brünnlein saß und wartete, erzählte ihm alles und merkte kaum, daß ihr auf einmal so leicht war ums Herz.
Während sie durch den Wald schritten – heimwärts, sagte Vater Irwing: »Du bist frohgemut wie lange nicht mehr!«
»Ja«, sagte sie, »mir ist's, als hätten die Vöglein noch nie so schön gesungen, und die Sonne ist so warm. Jetzt weiß ich, daß ich recht tat.«
Vater Irwing legte seine knöcherne Hand in die ihre. So stapften sie über die Heide – am Fuchshof vorbei – durch den Hochwald. Hinter Entraching im Ellermoos mußte er etliche Male stehenbleiben, denn der Atem ging ihm schwer. Zeipoth hatte ihre Hand nicht mehr aus der seinen gezogen. Sie trug ihm Hut und Brot. Als die Bauern sie so kommen sahen, vergaßen sie des Grußes und glotzten ihnen nach.
Am Windachsteg lehnte sich der Alte an, denn der Boden schwankte ihm unter den Füßen.
»Wollet Ihr nit rasten, Vater?« fragte ihn Zeipoth leise.
Aber Irwing winkte ab, unsäglich müde: »Laß uns heimgehen, Kind! – Für mich ist Feierabend!«
Als sie in den Hof eintraten, packte ihn der Schwindel, daß ihn Zeipoth gerade noch auf die Bank im Wurzgärtlein ziehen konnte. Sie hatte ihn mit ihren Armen umfaßt, um ihn zu stützen. Da tat er einen tiefen Atemzug und sank vornüber, daß ihm das Haupt in ihren Schoß fiel.
Sie wollte ihn aufrichten. Aber der gnadenreiche Gevatter hatte sich seiner erbarmt und ihn dorthin geführt, wo Lust und Leid ein Ende hat.
Sie saß und hielt ihn auf ihren Knien, bis der Mond am Himmel hochgestiegen war.
Aber sie weinte nicht.

Dann schleppte sie ihn in die Stube und bettete ihn auf die Bank, so wie er war, in Stiefeln und buntem Rock. Aus dem Wurzgärt=
lein brach sie Rosmarin und Heckenrosen zu einem Kissen für sein schlohweißes Haupt. Zuunterst aus seiner Truhe zog sie sein Meisterstück, ein herrliches Altartuch, gewoben von seiner Hand in jenen fernen Zeiten, da er zu Augsburg, der mächtigen Stadt, einem Meister gedient hatte in Treuen. Darein nähte sie ihn ein. Aber sie zündete keine Kerze an.
Als der Hahn zum erstenmal krähte, schlug sie draußen im nächt=
lichen Garten an die Bienenstöcke: »Imme! Imme! Euer Herr ist tot. Geht eures Weges!«

Und als die Amsel anhub, in den dämmernden Morgen hinaus=
zujubilieren, löste sie Kuh und Kalb von der Kette und öffnete
die Stalltür: »Euer Herr ist tot! Ziehet eures Wegs, ihr Ge=
treuen!« (34)

Erst nachdem ringsum auf den Höfen die Leute die Morgensuppe
gegessen hatten, stieg sie hinauf zum Pfarrhof, bedeutete dort
dem Herrn, daß Meister Irwing Feierabend gemacht habe, und
stellte einen irdenen Krug, gefüllt mit harten Silbertalern, vor
ihm auf den Tisch, für Messen und was der Herr sonst damit tun
wolle.
Man holte den Toten, wie's der Brauch ist, gegen Mittag mit
roten Lichten und Rosmarinkränzen. Zeipoth litt nicht, daß ihn
die Seelnonn berührte. Aber sie schritt nicht mit dem Zuge, son=
dern blieb zurück, tat Fenster und Türen auf und zerbrach alles,
was sein gewesen war. (35)
Als die Leute nach der Kirche kamen zum Leichentrunk, fanden
sie das Haus leer, das Salz verstreut, das Herdfeuer gelöscht (36)
– keinen Seelenspitz und keinen Totenmet.

Da schüttelten sie die Köpfe und gingen wieder ihres Wegs.

Wie der Goggolore in den Berg zog und nimmermehr gesehen ward

Der Hof lag still.
Im Wurzgarten duftete die wilde Minze. Waldrebe spann ihr graues Netz um Fenster und Tür. Der Hollerbaum schob seine weißen Dolden zum Dach hinaus. Im Backofen raunzte der Iltis und in der Stube weinten die Kröten.
Manchmal schlichen sich Kinder in die Nähe. Dann erzählten sie, sie hätten Zeipoth sitzen gesehen im wilden Gestrüpp und nach irgend etwas Fernem Ausschau halten. Auch ging das Geraune, man sei ihr im Wald begegnet, wo sie, einem Schatten gleich, wie mit blinden Augen lautlos vorüberzog.
Allgemach wob das Grauen seine Schleier um den verfallenden Hof, und die Leute vermieden es, vorüberzugehen.

> So verrann die Zeit,
> der Sommer in seiner lichten Pracht,
> der Winter im Tanz der Eiswinde und im Wirbel
> der Schneeflocken.

Als wiederum einmal der Herbst die Scheunen füllte, zog ein Schweifstern am Himmel hoch. Zugleich hub ein zweites Blühen an bei Apfel= und Birnbäumen um die Zeit, da man den Gänsen den Kragen umdreht für Martini, so daß sich jedermann ent=
setzte. Auch ging die Ullerin um.
Im Ellermoor tanzten die armen Seelen im Mondschein. Ja – die Mesmerin sagte, sie habe des Nachts einen Irrwisch auf der

Kirchhofsmauer herumhüpfen fehen, auf den hätte der Goggo=
lore mit einem Stecken fürchterlich eingefchlagen.
Bald darauf hieß es, der Schwed fei eingebrochen im Land mit
Morden und Brennen. Nun fteckten die Bauern die Köpfe zu=
fammen und verlobten fich zu einem Bittgang nach Klofter
Andechs.
Um diefe Zeit hielt man das Drifchelhängen (37) ab nach altem
Brauch, wenn der letzte Schlag auf Gerfte und Haber getan ift
und die Säcke prall von Kornfrucht in der Dachbodenkammer
ftehen. Der Wirt hatte dazu füßes Bier eingefotten und den Tanz=
faal gewachft. Auch lagen Wurft und Voreffen bereit für den
Keffel.
Unterdem dämmerte ein trüber, nebelgrauer Abend herab. Um
die Zeit, fo die Leute zum Melken in den Stall gehen, hörten fie
ein merkwürdig Geklapper auf der Straße. Als fie ihre Köpfe
zum Fenfter hinausftreckten, erkannten fie den Goggolore. Der

hatte aus dem Fegfeuer im Beinhaus einen Totenschädel geholt, umgebunden, und trommelte mit zwei Knochen drauf rum. Dazu schrie er:

>»Rumpedibum, der Schwed geht um,
>Mit Händ und mit Füß,
>Mit feurige Spieß,
>Hat d' Fenster eing'schlagen,
>Hat's Blei davontragen,
>Hat Kugeln draus gossen,
>Hat d' Bauern erschossen,
>Hat d' Buben erhängt,
>Hat d' Mädeln ertränkt.
>O Not, o Leid, o Jammer, o Plag,
>Die euch der Schwed noch bringen mag!« (38)

Darob erschraken die alten Leute furchtbar und sprachen: »Wehe, was soll das! Der Goggolore geht um im Dorf.« Aber die Jungen lachten und johlten ihm nach und zogen zum Wirt zum Tanzen.

Wie nun die Lustbarkeiten in vollem Gange waren, da fuhr der Goggolore plötzlich unter sie, angetan mit Mäntelchen und Trichterhütchen, ganz wie vor alten Zeiten. Er sprang unter die fröhlichen Burschen und Mädeln und tanzte und plärrte dazu ein grausiges Lied:

>Heut ist Tanztag,
>Morgen ist Angsttag,
>Übermorgen geht's Sterben an
>Huiraxdax trallala!

Denen aber blieb das Lachen im Halse stecken. Sie standen unschlüssig herum und wußten nicht recht, was sie tun sollten. Schon setzten die Pfeifer von neuem an zum Zwiefachen, da flog die Tür auf, und herein trat marmorweißen Gesichts wie ein Gespenst Zeipoth, daß die jungen Weiber kreischend auseinanderstoben. Ehe noch jemand sich gefaßt hatte, schlug sie dem Pfeifer

die Klarinette aus der Hand und schrie: »Schluß jetzt und mir nach!« Indes hörte man in der Wirtsstube erregtes Geschrei. Man hatte eine Magd gebracht, die war barfuß, nur in Hemd und Rock, zerfetzt und ganz außer Atem ins Dorf gerannt und keuchte heraus, der Schwed sei bereits in Schwifting eingebrochen und hätte ihnen dort den roten Hahn aufs Dach gesetzt.
Nunmehr lief jedermann nach Haus, prügelte das Vieh zum Stall hinaus, verscharrte die Geldtöpfe und floh mit Sack und Pack. Zeipoth stapfte in der einbrechenden Dämmerung voraus. Sie führte die Flüchtigen durch Sumpf und Ried zwischen Moorwassern, wildem Gestrüpp und schwankem Boden zutiefst hinein ins Ellermoor. Kaum hatten sie den Bruch erreicht, sahen sie schon, wie in der Ferne der Qualm des brennenden Schwifting am Abendhimmel hochleckte.
Als sie endlich in Sicherheit waren, berichtete die Magd, die Kriegsknechte seien von Landsberg hergekommen, geführt von einem fetten Troßweib. Die hocke in einem Backtrog, den sie als Sänfte zwischen zwei Stangen ein paar abgetriebenen Ackergäulen aufgeschnürt hätten. So reise sie in Prächten. Sie habe ihren Strohsitz ganz mit geplünderten Kleidern ausgestopft und befehlige die Rotte ärger denn ein Feldobrist. Auch führe sie einen ortskundigen Soldaten gefangen mit sich, scharf gebunden und halb lahm geschlagen, weil der noch in Schwifting seinen Heimatort nit habe verraten wollen. Jetzt aber zögen sie vermutlich schon auf Finning los.
Mit verhaltenem Atem hatte Zeipoth ihr zugehört. Bei den letzten Worten schüttelte sie die Magd an den Armen: »Wie sieht der aus, der Gebundene?« schrie sie sie an. Aber die wußte es nicht zu sagen. Da riß sie einem Burschen den Stecken aus der Hand und drängte sich durch Leute und Vieh, die sich bereits in dichten Haufen gelagert hatten. Als man sie zurückhalten wollte, stieß sie die Männer weg. Ein paar Beherzte folgten ihr mit Äxten, Spießen und Stoßmessern. So entschwanden sie in der Nacht.
Die Zurückgebliebenen lauschten verhalten ins Dunkel hinaus. Nichts regte sich mehr. –

Als später ein roter Schein am Himmel hochstieg, wurde es ihnen zur Gewißheit, daß der Schwede nunmehr am Werk war. Sie starrten hinüber zu den Rauchsäulen, die sich schwelend am Nachthimmel in die Höhe fraßen.

Dumpf saßen sie zwischen dem ruhenden Vieh, bis nach zermarternden endlosen Stunden die rote Lohe allmählich zurücksank in die gähnende Finsternis. Gegen Morgen, als überm Moor die fahlen Frühnebel brauten, hörten sie rufen. Zwei Knechte kamen, mit versengten Haaren, blutbesudelt, Brandgeruch in den Kleidern. Das Entsetzen stand ihnen noch auf den Gesichtern.

Man könne wieder zurück, berichteten sie. Die Schweden seien erschlagen bis auf den letzten Mann. Aber es sei eine schauerliche Nacht gewesen. Eigentlich wüßten sie nicht zu sagen, wie sie, die ihrer doch so wenige waren, Herr über das Gesindel geworden seien.

Schon als sie hier losgezogen seien, meinte der eine der Knechte, wär's nicht mit rechten Dingen zugegangen. Zeipoth sei über Moor und Tümpel hinweggelaufen wie ein Wiedergängergespenst. Ihr zu folgen sei beinahe unmöglich gewesen, da sie, die Knechte, bis über's Knie im Ried eingebrochen wären. Als die ersten Häuser bei der Mühle aufgetaucht seien, da habe ihnen von St. Willibalds Kapelle Feuerschein entgegengeleuchtet. Zeipoth sei wie ein weidwund geschossenes Tier den Kapellenberg hinaufgehetzt – sie alle atemlos hinter ihr drein. Das Weib im Backtrog zwischen den Ackergäulen hätten sie zuerst gesehen.

»Wie eine Käsmade lag sie drin«, warf der andere Knecht dazwischen. »Sie keifte und schrillte gegen eine Meute zerlumpter Kerle, die sich an der Linde zu schaffen machten. Taghell war's erleuchtet da oben«, sagte er, »denn das Gesindel hatte ein mächtiges Feuer angemacht an der Kapellenwand aus zerschlagenem Kirchengestühl!«

»Uns haben sie erst im letzten Augenblick bemerkt«, fuhr der erste Knecht wieder in seinem Bericht fort, »als wir bereits oben waren. Da schrie Zeipoth plötzlich auf, daß uns das Herzblut stocken wollte.«

In diesem Augenblick, erzählte er weiter, hätten sie gesehen, daß das Raubgesindel einen Menschen an die Linde angenagelt hatte. Zeipoth sei auf den Gekreuzigten zugestürzt wie eine Irre und habe versucht, ihm die dicken Wagennägel aus Händen und Füßen zu ziehen. Doch wäre dies erst mit Hilfe der Äxte gelungen. Zugleich habe sich aber etwas anderes – Schauerliches ereignet. Vor dem Bachtrog sei die Erde aufgebrochen und ein Waldschrat gleich einem hundertarmigen Höllenteufel sei herausgefahren, daß die Ackergäule kerzengerade hochgestiegen seien, sich über=
schlagen hätten, die Sänfte krachend gesplittert und das Troß=
weib mit gebrochenem Genick den Berghang hinuntergerollt sei. Sie, die Bauern, aber habe ein wilder Blutrausch erfaßt.

»Mit unfern Langmeffern haben wir fie abgeftochen«, knirfchte der Knecht, »wie Schweine an Faftnacht. Ein paar von uns find ins Dorf hinabgerannt und haben jeden von diefen Hunden, den fie dort angetroffen, lebend in die brennenden Häufer geworfen.« Indeffen wär' oben an der Kapelle alles noch gefpenftiger geworden. Zeipoth habe den Pfeifer – es fei wirklich Aberwin gewefen – in ihren Schoß gebettet, ihm ein für das andermal die Augen aufgemacht und gefchrien, er dürfe ihr nicht fterben. Obwohl er gelebt habe – er habe fogar die Augen aufgemacht und fie erkannt –, fei fie vor Angft ganz von Sinnen gewefen, bis mit einem Male der Hutzelmann, der Goggolore, neben ihr geftanden fei – aber anders als in früheren Zeiten – fo unheimlich und fremd. Der habe mit aufgehobenen Wurzelhändchen Zeipoth um irgend etwas inftändig gebeten oder ihr was zugefagt. Sie hätten's nicht verftehen können, denn es wäre ihnen der Schauer ins Mark gefahren gewefen, daß fie nur noch gelähmt hätten hinftarren müffen.

Zugleich feien blaue Lichtlein aus dem Boden gekommen. Ja – von Zeipoth, Aberwin und dem Goggolore fei mehr und mehr ein feltfam grüner Schein ausgegangen.

Wie Zeipoth aber mit dem Hutzelmann geredet habe, da fei fie ganz ftill und ruhig geworden. Dann habe fie den Pfeifer auf ihre Schultern geladen und habe ihn, geleitet vom Goggolore, fortgetragen gegen den Burgberg zu – hinein in die Nacht.

»Wir und die andern unten im Dorf haben ihnen noch lange nachgefehen, denn fie find hingezogen in einer lichten Wolke, und rundum haben viele Hupflichtlein getanzt, und heimliches Volk ift ihnen entgegen gekommen, und der Hutzelmann hat geplärrt und gefungen wie vor langen Zeiten im Zecherweberhof.«

Einmal – wohl etliche hundert Jahre fpäter, als fchon der Hochwald um die Burgplatte raufchte – verirrte fich dort in der Johannisnacht ein junger Burfch, ein Sonntagskind.

Er geriet ins Gebüfch und fah vor fich im Zwielicht einen verfallenen Eingang, aus dem ein feines Singen klang. Verwirrt

horchte er auf die Stimmchen. Mit einem Male bemerkte er zwischen den dunklen Tannen eine uralte Frau, die war gespenstig wie aus Nebel, daß man hindurchschauen konnte. Graugrünfahlen Angesichts wandelte sie mit unhörbaren Schritten. Ihr Haar leuchtete weiß wie frischer Schnee. Ihre großen Augen sahen in weite, weite Fernen.
Dort, wo das Silberlicht des Mondes durch die Bäume sickerte, blieb sie stehen. Mit ihren wachsbleichen, durchsichtigen Händen griff sie in die einfallenden Mondstrahlen, zerriß sie und wickelte sie um ihren goldenen Spinnrocken.
Neugierig folgte er ihr in den Eingang und gelangte in einen hohen Saal, der ringsum hell erleuchtet war. In der Mitte lag ein Mann mit weißen Locken. Der schlief auf einem hohen Bett. Zu seinen Füßen saß die uralte Frau in goldener Haube und spann mit einer silbernen Spindel so fein wie ein Hauch. Rundum aber waren unzählige Wesen, die woben singend an einem wunderbar duftigen Schleier. Als der Bursch sah, daß sie sich nicht stören ließen, trat er hinter der Säule vor und fragte, was sie täten.
»Wir weben Unserer Lieben Frauen Kronschleier«, sagten die Kleinen. (39)
Während der Bursch noch über die hochfeine Arbeit staunte, überkam ihn bleischwerer Schlaf.
Als er wieder erwachte, war es heller Tag.
Da sah er, daß er unterm Schlehdorngebüsch lag oben auf dem Burgberg.

Auch Kinder haben die Alte im Herbst beim Brombeersuchen zu Gesicht bekommen. (40) Wenn sie da die silbernen Spinnweben, die sich allenthalben über Disteln und Büsche ziehen, in ihrem Unverstand zerstören, geschieht es, daß unvermutet im Gesträuch die Alte mit der goldenen Haube steht und es ihnen wehrt:
Sie dürften die Weben nicht zerstören, die gehörten dem Heimlichen Volk und müßten bleichen im Sonnentau, denn sie gäben den Kronschleier Unserer Lieben Frau.

Anmerkungen

(1) Da der Dialekt der Goggoloregegend nicht nur eine Mischung zwischen Altbayrisch und Schwäbisch darstellt, sondern überdies bis vor kurzem noch mittelhochdeutsche Sprachreste barg, seien die Dialektstellen übersetzt. »Auf den kein Verlaß (nicht) ist, dem man aber auch nicht ungut sein kann.«

(2) »Großvater! Ihr werdet auch nicht mehr gescheit. Wie kann man denn auf seine alten Tage noch solch einen Goggolore machen« (Unfug treiben).

(3) Cuculus hat eine doppelte Bedeutung: 1. Kuckuck, Gauch. 2. Träger einer Kukulle (weiter Mantel mit Kapuze, Bestandteil des mönchischen Habits). Die Benediktiner tragen die Kukulle heute noch als liturgisches Gewand. Auch das ›Münchner Kindl‹ im Stadtwappen ist mit einer Kukulle bekleidet. Vgl. auch Gugelhopf = Mantelkuchen, ein Hopf (= Hefenteig)=kuchen in Kukullenform. Mittelalterlicher Wortwitz hat den Doppelsinn des Wortes gern und häufig gebraucht. Ferner hat der Wortwitz des Volkes den Gockel (Hahn) mit zum scherzhaften Sinn des Wortes herangezogen. »Was a richtiga Goggolori is, der steckt si a Gocklfeda aufn Huat.« Es darf heute außer Zweifel stehen, daß der Goggolori auf eine Herkunft aus höchster Götterwelt des keltischen Himmels zurückblicken kann, wo er, der genius cucullatus, für den Fortbestand der Familien, vor allem des hohen Adels, zuständig war. Festzustehen scheint auch, daß der kleine Gott Telesphoros, der Bringer des guten Endes, aus Gallien nach Rom gebracht worden ist und dort genius cucullatus genannt wurde wegen seines charakteristischen Mäntelchens mit der gallischen Kapuze. Von der Beliebtheit und Verehrung, die der phallische Gott genoß, zeugt aber eine einmalige Tatsache: Im Museum von Bozen steht ein spätgotischer Hochaltar aus dem Kloster Sonnenburg, Pustertal. Sein linker Flügel zeigt im mittleren Bildrelief die beiden heiligen Ärzte Cosmas und Damian, die vor einer seltsamen Säule (vorchristliche Säulenform) knien mit erhobenen

Händen, hinter ihnen viele Männer, alles Männer, die um Kinderfegen flehen und gebannt auf den Genius cucullatus blicken, der oben auf der Säule mit dem Rücken gegen den Befchauer feine Cuculle vorne hochhebt. (Hierzu fei verwiefen auf K. M. Mayr, Keltifcher Heilgott auf fpätgotifchem Schnitzaltar. Arch. f. Religionswiffenfchaft XXXVII pg. 354-356 e. tav.)

(4) Die am Ammerfee gebräuchliche Tracht, eine Abart der Dachauer, war der letzte Überreft der einftigen fpanifchen Hoftracht.

(5) »Dies find fo dumme, alte Gefchichtlein, Bub (›Bub‹ bleibt einer, bis er verheiratet ift), fo etwas erzählt man heute nicht mehr. Siehft du, da hat der Goggolore einmal bei einer Hochzeit dem Hochzeiter in die Stiefel gefeicht und dem Nächften (Trauzeugen) in den Hut. Und die böfen Leute haben gefagt, das feien Buben gewefen. Aber dies ift nicht wahr gewefen. Zu den früheren Zeiten hat fo etwas alle Weile (ftets) der Goggolore getan und nicht die Buben, wie heutzutage.«

(6) »Bub! Die find zu groß. Solch dicke mag der Kilian nicht. Die zer= reißen ihm das Neft« (Netz).

(7) »Ottl! (Kofeform für Otto), dies ift er, der alte Bock, der ftinkige (hier in zärtlichem Sinne gebraucht), er braucht nichts. Er ift ja fo (ohnedies) fo vollgefreffen, daß es ihn beinahe zerreißt.« »Das ift fie, Bub, diefer mußt du etwas geben, die hat jetzt gerade das ganze Neft voll junger Mäuslein und diefe mögen (Muttermilch) faufen.«

(8) »Das verftehft du noch nicht« ... »Das kann ich mir (wohl) den= ken, daß du dies wiffen möchteft. Die Goggoloregefchichten lernft du noch früh genug - ganz von felbft!« ... »Der Goggolore, mein Lieber, das ift einer gewefen! Der hat mehr verftanden wie du und ich und wie dein Vater, und der ift gewiß ein ftudierter Mann. Jetzt geh! Dort hin= ten find etliche große Spinnen. Sie find fo dick wie der Kilian, die kannft (du) dir holen.«

(9) ... »Mein (ergänze: Gott), Bub, bift du dumm! Den haben fie doch angenagelt da oben bei der Willibaldskapelle.« ... »Wer wird ihn denn angenagelt haben! Wie kann man denn fo fragen! Die Schweden haben ihn angenagelt. Und die felbige Schwedenhure, der hat der Goggolore das Genick gebrochen, der hat er die Pferde (fo) erfchreckt, daß fie über fich (hoch)geftiegen find, und fo hat er ihr das Genick gebrochen und auf dies (hin) find fie in den Berg gezogen mit den Hüpflichtlein (Irrlichtern).«

(10) Beim ›Spinnen an der Hand‹ (d. h. mit der Spindel, nicht mit dem Spinnrad) zog die Spinnerin den gefponnenen Faden durch den Mund, um ihn mit Speichel einzufeuchten und auf diefe Weife zu glätten. Um ftändig genügend Speichel im Munde zu haben, kaute man gedörrte

Schlehen, die infolge ihrer übergroßen Fruchtsäure den Zweck besonders gut erfüllten und im Herbst allenthalben an Waldrändern und Hecken gesammelt wurden. ›An der Hand‹ wurden nur die feinen Garne gesponnen, vor allem Nähfaden, Grobgarne dagegen am Rad.

(11) Zächerer sind Taschen, welche in reicher Musterung aus schmalen, weichen Strohbändern geflochten waren.

(12) Krätzen ist ein Henkelkorb aus Weiden.

(13) Vier Riegel Flachs sind bei sechzehnstündiger Arbeitszeit die Tagesleistung einer besonders gewandten Handspinnerin gewesen.

(14) Der Goggolore fliegt oft als ›Graach‹ (Krähe - Rabe) oder als Hummel.

(15) ›Der Herr‹ ist Bezeichnung für den Pfarrer des Ortes.

(16) Wetterkatze ist eine dreifarbig gescheckte Katze (schwarz=weiß=rot), deren Anwesenheit im Hause vor Blitzschlag schützen soll.

(17) Bollenkittel ist Sammelbezeichnung für Rock und Spenzer der Tracht. Der Rock besteht aus Tuch, das in zwölf Zentimeter tiefe Stehfalten über eine dicke mit Sägemehl gefüllte Rolle genäht ist. An dieser Rolle sind die Träger (Gurten mit Ledereinlage) angenäht, um die schweren Riesenröcke tragen zu können. Daher die gebückte Haltung der Bäuerinnen von ehedem. Der Werktagsrock war hellgrün, der Staatsrock schwarz mit Rot abgefüttert. Ein kurzes Brokatjäckchen mit wattierten Schinkenärmeln, der sogenannte Spenzer, wurde über den Traggurten der Röcke angezogen.

(18) ›Seelnonne‹ oder ›Einmacherin‹ ist die Totenfrau. Sie gilt innerhalb des Dorfverbandes als unrein. Man kommt nicht gerne mit ihr in Berührung, obwohl sie häufig als Quacksalberin und Kurpfuscherin für Mensch und Vieh unentbehrlich war und eine gewisse Autorität genoß. Auch war sie stets eine nahezu unerschöpfliche Quelle grausiger Gespenster= und Wiedergängergeschichten.

(19) Eine bekannte Hexenpraktik neben dem Axt= und Besenmelken sowie dem Wettermachen vermittels eines gegen den Himmel geschüttelten Habersiebes.

(20) Heimgarten nennt man abendliche Versammlungen der Dorfbewohner in irgendeinem Bauernhaus, um zu plaudern, sich zu unterhalten und sich die Zeit zu vertreiben. Man geht bei diesem oder jenem »in den Heimgarten«.

(21) Da der ›Herr‹ täglich das Brevier liest, gerät er, ohne es selbst gleich zu bemerken, in diesen hochtrabenden Tonfall, der geeignet ist, dem ›Herraweible‹, der Margaret, einen besonders tiefen Eindruck zu machen.

(22) Chorherrenstift.

(23) Weingarten ift legendenhafte Bezeichnung für den an Unterfchondorf am Ammerfee anftoßenden Wald, wo einmal ein Nonnenklofter, angebaut an das römifch=romanifche Kirchlein, gewefen fein foll mit einem großen Weinberg. Die Sage berichtet, daß das Klofter kilometerlange unterirdifche Gänge gehabt haben foll nach Dießen und nach Andechs.

(24) Nur Geiftliche und Adelige wurden früher in Särgen beftattet. Das Volk legte feine Toten auf den ›Schragen‹, ein Brett, welches nach der Beerdigung gefchnitzt und bemalt am Dorfeingang aufgeftellt wurde.

(25) Die Totenfrau wurde im Trauerhaus von den Trauergäften abgefondert, da fie unrein war. Sie wurde auch abfeits verköftigt mit traditionellen Speifen.

(26) Nach der Beerdigung wird in den Seelenfpitz, einem an beiden Enden fpitzen, fchiffähnlichen, in Form eines achtarmigen Sonnenrades geflochtenen Hefenkuchen, eine Kerze aus ungereinigtem Honigwachs gefteckt, die fo lange brennt, als das Trinkgelage, der ›Leichentrunk‹ oder das ›Leicheinnetzen‹, dauert. Damit ruft man den Toten in den Kreis der Zecher zurück. Am andern Tag wird der Seelenfpitz an die Dorfarmen verteilt. Diefer Brauch ift ein Überreft vorchriftlichen Totenopfers.

(27) Alter Immenfegen aus Windach, dem Nachbarort von Finning, aus dem Haus des Fuchsmann, Unterwindach.

(28) ›Nächftin‹ ift die erfte der Kranzeljungfern, zugleich Trauzeugin. Sie geht neben der Braut und trägt wie diefe vollen Brautfchmuck. Die Aufftellung in der Kirche ift von rechts nach links: ›Nächfter‹, Bräutigam, Braut, ›Nächftin‹.

(29) Die Hochzeitsgebräuche verliefen folgendermaßen: Am Vortage der Hochzeit wird der gezierte Kammerwagen mit der Ausfteuer der Braut, der fogenannten ›Fertigung‹, eingeholt. Oben auf dem Wagen fitzt die Braut auf einem gefchmückten Platz, hinten unten die Näherin. Sobald der (bzw. die) Kammerwagen im Hof des Hochzeiters eingetroffen ift, beginnt die Näherin Schränke und Truhen einzurichten und dabei die mitgebrachten Tuchballen fo zu legen, daß die Stoffenden etwas heraushängen, damit fämtliche Befchauer der Fertigung fich durch Befühlen von der Güte der Gewebe überzeugen können; denn der erfte Maßftab für den Reichtum der Braut find die Vorräte an Geweben und Stoffen. Hierauf bezieht die Näherin die Betten mit dem ›fchönften Bettgewand‹ und fchlichtet die Hochzeitskleider von Braut und Bräutigam auf die Betten, neben hin auch die Brautkrone und den gezierten Hut von Nächftin und Nächftem, welche beide gleichfalls in hochzeitlichen Gewändern und hochzeitlichem Schmuck erfcheinen.

Kurz vor dem Mittageffen kommt der Pfarrer ins Haus und weiht die Brautausstattung, das Haus, den Stall mit dem Vieh und das Ackergerät.

Nach dem Mittageffen ›auf'n Obat‹ (Abend ist der gesamte Nachmittag bis zur Dunkelheit) geht man im Dorf auf Beschau ins Haus des Hochzeiters und bewundert die Fertigung, das Haus, den Stall und das Vieh usw. Der Näherin legt jeder der Besucher etwas Geld zwischen die geöffnete Schere, das ›Scheraweisat‹. Nächster und Nächstin sind während der Beschau anwesend, nach früherem Brauch jedoch nicht das Hochzeitspaar.

Auf d'Nacht (ab 5 Uhr abends) erscheint im Haus des Hochzeiters die Braut, ›kocht Nudeln auf Probier‹, wirft die erste ins Herdfeuer (uraltes Berchtenopfer), trägt in einer verdeckten Schüffel dem Hochzeiter und den Schwiegereltern davon in der guten Stube auf und verläßt sogleich darauf das Haus, ohne von den Nudeln selbst gegessen zu haben. Damit endet der Vortag.

(30) Der Haupttag beginnt mit dem Einholen der Braut, die, wenn sie von auswärts einheiratet, irgendwo bei Bekannten oder Verwandten die Nacht zugebracht hat. Unter Musik wird sie ins Wirtshaus geführt, jedoch ohne Brautmutter. Letztere bleibt bis zum Mahle fern. Die Näherin hat den ganzen Tag und die darauffolgende Nacht im Hause des Bräutigams Wache zu halten. Beim Wirt treffen sich nun Hochzeiter und Braut mit Nächstem und Nächstin und den Hochzeitsgästen. Unter Musik wird ein kurzes Frühstück eingenommen, bestehend aus Bier und heißen Würsteln. Hierauf folgt der Kirchgang mit der Trauung, wiederum unter Anwesenheit sämtlicher Hochzeitsgäste, die sich beim Rückweg ins Wirtshaus zu einem großen Zuge formen.

Das Mahl beginnt mit ›Voressen‹ (einem Ragout von Kutteln) und heißen Würsten. Es folgen Braten von Kalb, Schwein und Rind. Nach diesen Gerichten tritt eine Unterbrechung ein. Es folgt der ›Krauttanz‹, den die Braut anführt. Nach dem Krauttanze erhalten die Mufikanten Geld. Hierauf trägt man aus der Küche Kraut mit Blut- und Leberwürsten auf. Die Küchenmägde erscheinen mit Schöpflöffeln und sammeln von Tisch zu Tisch das ›Kuchelweisat‹. Hierauf folgt der ›Schustertanz‹, bei welchem der Hochzeitslader versucht, den Tänzerinnen ein Bein aufzuheben, bis sie sich mit Geld gelöst haben. Der Schustertanz‹, bei welchem der Hochzeitslader versucht, den Tänzerinnen ein besonderer Gewandtheit dem Zugriff des Laders zu entziehen versuchen.

An den Schustertanz schließen sich nun die beiden großen Hauptzeremonien des ›Abdankens‹ und des ›Kammergangs‹. Das ›Abdanken‹

123

geschieht durch den Hochzeitslader dadurch, daß er, beginnend beim Brautvater, in streng geregelter Rangordnung sämtlichen Teilnehmern der Hochzeit in improvisierten Versen den Dank des Hochzeitspaares zum Ausdruck bringt. Die Hochzeitslader waren früher weitberühmte, äußerst gewandte Gelegenheitsdichter, welche die komplizierte Versform des ›Abdankgstanzels‹ glänzend beherrschten. Der letzte dieser berühmten Lader namens Gustapfel starb in den neunziger Jahren in Schondorf am Ammersee. Er war als Gelegenheitsdichter so bekannt, daß man ihn seinerzeit bis nach Garmisch-Partenkirchen und Schongau in einem Umkreis von rund 150 Kilometern herbeiholte.

An das Abdanken schließt sich der ›Kammergang‹, d. i. das feierliche Heimgeleiten des Hochzeitspaares in die Brautkammer unter Vorantritt der Musik. Am Kammergang beteiligen sich nur Verheiratete (einschließlich von Nächstem und Nächstin). Nach uraltem Brauch wurden früher Nächster und Nächstin vom Hochzeitsvater mit in die Brautkammer eingesperrt, ein Überrest vorchristlichen Rechtsbrauches. Trotzdem die Kirche diesen Brauch jahrhundertelang bekämpft hat, hat er sich in einigen abgelegenen Dörfern bis vor kurzem erhalten. Es ist der Kirche jedoch gelungen, den Sinn dieses uralten Rechtsbrauches der Trauzeugenschaft auszulöschen insofern, als Hochzeitspaar und Nächstenpaar die Nacht über in ihren Kleidern, meist auch wachend, zubringen mußten. Erst in der Nachkriegszeit ist dieser Brauch verschwunden.

Mit dem Kammergang ist die Hochzeit beendet. Nur die ledigen jungen Leute bleiben noch zurück und tanzen im Wirtshaus.

(31) ›Erdschmiedel‹ ist der Holzwurm, der im Gebälk des Hauses klopft. Er heißt auch die Totenuhr. Wo man ihn ticken hört, stirbt im Laufe des Jahres ein Familienmitglied. Besonders schlimm ist das Vorzeichen, wenn es im Holzwerk des Ehebettes sich meldet. Nach altem Glauben bedeutet das das Aussterben der Familie.

(32) Das Moor gilt heute noch als Ort der ausgestoßenen Toten. Deshalb gehen im Moor die Seelen der Ruhelosen und Wiedergänger um.

(33) Sankt Johannis Brünnlein, eine Einsiedelei, Gebäude heute nicht mehr vorhanden, war ein christianisiertes Brunnenheiligtum.

(34) Zwei uralte heidnische Bräuche, zum Teil heute noch geübt.

(35) Vorchristlicher Brauch, der bis ins 15. Jahrhundert nachweisbar ist. Vor allem wurden die Gebrauchsgegenstände, die persönlicher Besitz des Verstorbenen waren wie Schwert, Messer, Rasiermesser und ähnliches, dem Verstorbenen mit ins Grab gegeben, nachdem man sie durch Zerbrechen oder Zerschlagen für den Gebrauch im Jenseits bereit gemacht hatte. Ihre Sachseele wurde dadurch frei.

(36) Salz verstreuen und Feuer löschen sind ebenfalls Brauchtumsüberreste, wenn der letzte Überlebende eines Stammes stirbt und damit die Familie erlischt. Er wurde noch Mitte vorigen Jahrhunderts unter den Bauern geübt. Heute ist er unbekannt. Hier in der Erzählung erregt dieser Brauch das Erstaunen der Leichengäste, weil Zeipoth für sie ja noch lebt, also nach ihrer Ansicht das Blut Irwings noch nicht ausgestorben ist.

(37) Drischelhängen ist das Aufhängen der Drischel oder des Dreschflegels nach Beendigung des herbstlichen Ausdrusches. Es wird festlich begangen als Schlußfest der Ernte.

(38) Alter Schwedenreim, heute noch an vielen Orten in Oberbayern bekannt.

(39) Kronschleier Unserer Lieben Frau: dies ist der Nachthimmel, Frau Berchtas Mantel, der von den Unterirdischen in Wald und Moor immer wieder neu gewoben wird bis ans Ende der Zeiten. Der vorchristlichkeltische Glaube schimmert hier besonders deutlich durch die Verchristlichung der Idee.

(40) Der Goggolore begegnete nur manchmal noch Kindern. Den Buben, die Vogelnester ausnehmen wollen, schüttelt er Schmutz und Tannennadeln in die Augen, damit sie unverrichteterdinge wieder vom Baum herunter müssen.

Geleitwort (5)

Zwischen Ammersee und Lech (12)

Wie der Goggolore nach Finning kam (13)

Wie der Goggolore in Meister Irwings Haus kam (23)

Was der Goggolore fürderhin für ein Wesen trieb (26)

Wie die Ullerin den Goggolore fangen wollt und dabei zu Schaden kam (30)

Wie der Goggolore ins Butterfäßchen tat und dem Herrn die Trübsal brachte (41)

Wie der Herr ins Kloster fuhr und der magere Hochwürden ein gerechter Herr war (48)

Wie im Pfarrhof ein trauriges und doch fröhliches Ende herging (56)

Wie der Goggolore gut zu den Kindlein war (60)

Wie Zeipoth der Margaret Nächstin ward (66)

Wie der Goggolore die Weberin abdankte (71)

Wie die Pest ins Land zog und was der Goggolore tat (78)

Wie Zeipoth im Berg saß und spann (83)

Wie Lust und Leid so enge beisammen wohnen und Zeipoths Glück ein Ende nahm (88)

Wie Zeipoth dem Goggolore sein Geheimnis abrang (92)

Wie die Ullerin vor aller Leute Augen hexte und ein feuchtfröhliches Ende nahm (95)

Wie Zeipoth zum Einsiedel ging nach Hübschenried (103)

Wie der Goggolore in den Berg zog und nimmermehr gesehen ward (108)

Anmerkungen (119)

Wilhelm Preetorius, Zürich, schnitt die Abbildungen in Linol.
Die verwendete Schrift ist die halbfette Wallau von Rudolf Koch.
Richard von Sichowsky betreute die typographische Gestaltung.